少年探偵　23

電人M

江戸川乱歩

もくじ

装丁・藤田新策

さし絵・佐藤道明

少年探偵

電人M

江戸川乱歩

鉄塔《てっとう》の火星人《かせいじん》

少年探偵団員《しょうねんたんていだんいん》で、中学一年の中村君《なかむらくん》と、有田君《ありたくん》と、長島君《ながしまくん》の三人は、大の仲《なか》よしでした。

ある午後のこと、有田君と長島君が、中村君の家に遊《あそ》びにきていました。

中村君の家は、港区《みなとく》の屋敷町《やしきまち》にある広い洋館《ようかん》で、その二階《かい》の屋根《やね》の上に、三メートル四《し》方《ほう》ほどの、塔《とう》のような部屋《へや》がついていました。その部屋だけが、三階《がい》になっているわけです。

中村君は星を見るのがすきで、その塔の部屋に、そうとう倍率《ばいりつ》の高い天体地上望遠鏡《てんたいちじょうぼうえんきょう》がそなえてありました。

三人はその部屋にのぼって、話をしていましたが、やがて話にもあきて、望遠鏡をのぞきはじめました。

昼間ですから、星は見えませんが、地上のけしきが、大きく見えるのです。ずっとむこうの家が、まるでとなりのように、近く見えますし、町を歩いている人なども、恐《おそ》ろしいほど、すぐ目の前に見えるのです。

こんどは長島君の番で、望遠鏡のむきをかえながら、一心にのぞいていましたが、やが

て、東京《とうきょう》タワーの鉄塔《てっとう》が、レンズの中にはいってきました。

ここからは五百メートルもはなれているのに、まるで目の前にあるように、大きく見えるのです。展望台《てんぼうだい》のガラスごしに、見物《けんぶつ》の人たちの顔《かお》も、はっきりわかります。

長島君《ながしまくん》は、むきをかえて、タワーのてっぺんに、ねらいをさだめ、だんだん下のほうへ、望遠鏡《ぼうえんきょう》のさきをさげていきました。

組み合わせた鉄骨《てっこつ》が、びょうの一つ一つまで、はっきりと見えます。だんだん下にさがるほど、鉄骨の幅《はば》が広くなって、展望台のすぐ上まできたとき、長島君は、おもわず「あっ」と声をたてました。

「おい、どうしたんだ。なにが見えるんだ。」

中村君《なかむらくん》と有田君《ありたくん》が、声をそろえてたずねました。しかし、長島君は返事《へんじ》もしません。息《いき》をはずませて、くいいるように、望遠鏡に見いっています。

それもむりはありません。望遠鏡の中には、じつにふしぎな光景《こうけい》がうつっていたのです。タワーの鉄骨に、なにか黄色っぽい、グニャグニャしたものが、まきついていたのです。はじめは、はだかの人間かと思いましたが、そうではありません。なんだか、えたいの知れない、へんてこなものです。しかも、そいつが、生《い》き物《もの》である証拠《しょうこ》には、ゆっくりゆっくり、動《うご》いているのです。

よく見ると、そいつの頭《あたま》は、タコ入道《にゅうどう》のようにでっかくて、髪《かみ》の毛《け》なんか、一本もはえていません。その顔《かお》に、ギョロッとした、まんまるな目が二ついているのです。目の下に、とんがった口のようなものがついています。どう見ても、タコ入道です。

その頭の下に、やっぱりタコの足のようなものが六本ついていて、その足で、鉄骨《てっこつ》にまきついているのです。

「タコなら八本足のはずじゃないか。あいつは六本しかない。それに、全体《ぜんたい》の感《かん》じが、タコとはちがう。もっと、きみの悪《わる》いものだ。」

長島君《ながしまくん》は、心の中でそう思いました。だいいち、あんな大きなタコってあるでしょうか。そいつは人間ぐらいの大きさに見えるのです。

「あっ、そうだっ、火星人《かせいじん》だっ。」

長島君は、声にだして叫《さけ》びました。いま鉄塔《てっとう》にからみついているやつは、本の絵で見た火星人そっくりだったからです。

タコが陸上《りくじょう》にあがって、東京《とうきょう》タワーにのぼるなんてことは考えられませんが、火星人なら、宇宙《うちゅう》をとんできて、ロケットからとびだして、鉄塔のてっぺんにすがりつくということもないとはいえません。

そうして、あいつは、いま鉄塔をつたって、地上におりようとしているのでしょう。

「おい、なんだい、いま火星人《かせいじん》といったんじゃないのかい。」

中村君《なかむらくん》が、たずねました。

「うん、そうだよ。東京《とうきょう》タワーの鉄骨《てっこつ》を、火星人とそっくりのやつが、はいおりているんだよ。」

「どれ、見せてごらん。」

こんどは中村君が望遠鏡《ぼうえんきょう》にとりついて、のぞきこみました。

「あっ、ほんとだ。おい、あいつ火星人にちがいないよ。どうして地球《ちきゅう》へやってきたんだろう。あっ、展望台《てんぼうだい》の屋根《やね》におりた。タコのようにはっている。おやっ、どっかへ見えなくなったよ。展望台の屋根から、もぐりこんだのかもしれない。」

あの怪物《かいぶつ》が、おおぜいの見物《けんぶつ》のいる展望台にあらわれたら、たちまち大さわぎになるはずです。ところが、そんなさわぎは、すこしもおこらなかったのです。いったい怪物は、どこにかくれてしまったのでしょう。

ふしぎなことに、この東京タワーの火星人を見たものは、広い東京に、三少年のほかには、だれもなかったのです。遠くからは、望遠鏡でなければ見えませんし、近くでは、大きな展望台がじゃまになって、その真上《まうえ》の怪物を見ることができなかったのです。そして、ちょうどそのとき、望遠鏡で東京タワーを見ていたのは、三少年だけだったのでしょう。

このできごとは、すこしもさわぎにならないで、すんでしまいました。三人は中村君《なかむらくん》のおとうさんに、それを知らせましたが、おとうさんは、あまりへんてこなことだものですから、きみたちは、まぼろしでも見たんだろうといって、相手《あいて》にしてくださらないのでした。

あくる日の新聞を気をつけて見ましたが、新聞にも、なにも出ておりません。火星人《かせいじん》は展望台《てんぼうだい》の屋根《やね》から、どこかへもぐりこんで、そのまま消《き》えてしまったとしか考えられないのでした。

さて、そのあくる日の晩《ばん》のことです。長島君《ながしまくん》は、やはり港区《みなとく》にある、自分のうちの勉強《べんきょう》部屋《べや》で、宿題《しゅくだい》をやって、これからねようとしているときでした。

庭《にわ》に面《めん》した窓《まど》ガラスを、パタパタとたたくような音が聞こえました。聞きなれない音なので、びっくりして、そのほうを見ますと、カーテンが半分ひらかれた窓ガラスのむこうに、なんだか黄色っぽい、へんなものが動《うご》いていました。

木の枝《えだ》かしらと思いましたが、木の枝にしては、グニャグニャしています。なんとも、えたいの知れないものです。

身動《みうご》きもできなくなって、じっと見つめていますと、その黄色いグニャグニャした棒《ぼう》のようなものは、ガラス窓のはしにからみついて、それをあけようとしていることがわかり

ました。

長島君《ながしまくん》は、ゾーッとしました。そいつは、なにかへんてこな生《い》き物《もの》なのです。

ガラス戸には、かぎがかけてなかったので、すこしずつ、ひらきはじめました。

「どろぼうが、長い棒《ぼう》で窓《まど》をひらいているのかもしれない。」

そう思うと、にわかに勇気《ゆうき》が出てきました。

「こら、そこにいるのは、だれだっ。」

どなりつけて、いきなりカーテンをサッとひらきました。

すると、そこにいたやつは？

みなさん、なんだと思います。火星人《かせいじん》だったのです。あの東京《とうきょう》タワーの鉄骨《てっこつ》にからみついていたのと同じ、タコ入道《にゅうどう》のような、きみの悪《わる》い火星人だったのです。

火星人のまんまるな目が、長島君をにらみつけました。そして、

「ラクラメヘジャー。」

と、あのとびだした口で、わけのわからないことをいいました。英語《えいご》でも、フランス語《ご》でもありません。

きっと火星語《かせいご》なのでしょう。

そして、一本の足がニューッと窓からはいってきたかとおもうと、一枚《まい》の紙きれを、部《へ》

屋《や》の中へ、ヒラヒラと投《な》げてよこしました。

しかし長島君《ながしまくん》は、それをひろう元気などとてもありません。逃《に》げだしたくてたまらないのですが、足が動《うご》かなくなってしまって、どうすることもできないのです。

「メラメロメカー。」

火星人《かせいじん》は、またわけのわからないことをいったかとおもうと、そのまま、窓《まど》ぎわをはなれて、庭《にわ》のむこうへ、遠ざかっていきました。

庭の電灯《でんとう》で、その姿《すがた》がよく見えます。タコが、ぜんぶの足をまっすぐにつっぱって、ノコノコ歩いていくかっこうです。なにしろ六本の足ですから、なかなか速《はや》いのです。やがて、木立《こだ》ちの中に、姿がかくれてしまいました。

長島君は、そのときになって、はじめて声が出ました。

「たいへんだあ。火星人がきたあ……。」

そう叫《さけ》んで、いきなり、みんなのいる茶《ちゃ》の間《ま》のほうへ、かけだしていくのでした。

それから、家じゅうが大さわぎになり、一一〇番に電話をかけて、パトロールカーにきてもらい、うちのまわりを、くまなくさがしましたが、火星人は、まるで消《き》えてしまったように、どこにも姿が見えないのでした。

さっき、窓から投げこんだ紙きれをしらべてみますと、それにはこんなことが書いてあ

りました。

月世界《げっせかい》旅行《りょこう》をしましょう

いったい、これは、なんのことでしょう。火星人《かせいじん》が、月世界へいっしょにいきましょうといって、さそいにきたのでしょうか。

それにしても、これは日本語で、しかも活字《かつじ》で印刷《いんさつ》してあるのです。火星人はひどく進歩《しんぽ》しているといいますから、火星にいて、ちゃんと日本語を研究《けんきゅう》していたのかもしれませんが、それが活字で印刷してあるのは、どうも、がてんがいきません。

さかさまロボット

警察《けいさつ》がやってきたので、たちまち、このことが新聞記者《しんぶんきしゃ》の耳にはいり、その夜おそく、長島君《ながしまくん》のうちは、新聞記者ぜめにあいました。火星人を見たのは長島君だけですから、新聞記者にとりかこまれて、うるさくたずねられたのです。

そして、あくる日の新聞には、このふしぎなできごとが、でかでかとのりました。日本じゅうの人が、それを読みました。そして、そのうわさで、もちきりなのです。

火星人《かせいじん》は長島君《ながしまくん》の家にあらわれたばかりではありません。それからというもの、毎日のように、東京《とうきょう》の方々《ほうぼう》に姿《すがた》をあらわし、そのたびに、あの、「月世界旅行《げっせかいりょこう》をしましょう」という紙きれをおいていくのです。

ところが、それからしばらくすると、火星人とはべつに、もう一つのぶきみな事件《じけん》がおこりました。そして、その事件にはじめて出くわしたのが、やっぱり少年探偵団《しょうねんたんていだん》の三少年のひとり、有田君《ありたくん》でした。

有田君も港区《みなとく》に住んでいたのですが、ある夕方、ひとり、さみしい屋敷町《やしきまち》を歩いていました。長いコンクリート塀《べい》ばかりつづいた、人通りのない町です。

ふと気がつくと、百メートルもむこうから、まっ黒なからだの、へんなやつが、近づいてくるのです。

だんだん近よるにしたがって、そいつの姿が、はっきりしてきました。

ロボットのようなやつです。しかし、こんなへんてこなロボットは、まだ、一度《ど》も見たことがありません。

胴体《どうたい》も、手も、足も、黒い鉄《てつ》の輪《わ》が、何十となく、かさなりあったような形《かたち》をしています。ですから、鉄でできていても、自由自在《じゆうじざい》にまがるらしいのです。

大きな鉄の靴《くつ》をはいています。そのでっかい足で、ギリギリギリ、ドシン、ギリギリギ

リ、ドシンと、歩いてくるのです。ギリギリというのは、からだの中で、歯車《はぐるま》でもまわっているような音です。

顔《かお》は、まるいプラスチックで、人間の三倍《ばい》もあり、すきとおって見えるのです。その中は、へんてこな機械《きかい》のようなものばかりで、目も鼻《はな》も口もありません。つまり、顔のない機械人間《きかいにんげん》なのです。

目はないけれども、二つの赤い光が、チカッ、チカッと、ついたり、消《き》えたりしています。それが、ちょうど目のように見えるのです。おばけのまっ赤《か》な目です。

そのほか、プラスチックの顔の中には、ゴチャゴチャと機械がならんでいて、それがみな、いそがしそうに動《うご》いています。うすい金属《きんぞく》でできた羽《はね》のようなものが、目にもとまらぬ速《はや》さでまわっているのも見えます。

有田少年《ありたしょうねん》は、さっきから、ポストのかげにかくれていました。そこから、相手《あいて》に気づかれないように、そっとのぞいていたのです。

怪物《かいぶつ》は、もう十メートルほどに、近よってきました。そして、なにかものをいっています。はじめは、ガアガアいう音ばかりで、よく聞きとれませんでしたが、やがて、はっきりした声になりました。

「そこに、子どもがかくれているな。ポストのうしろだ。かくれたって、だめだよ。おれ

には、どんな厚《あつ》い壁《かべ》だって、すきとおって見えるんだからな。ワハハハハ……」

ロボットは、そんなことをいって笑《わら》いだしました。中に人間がはいっているのかもしれません。

有田君《ありたくん》はびっくりして、いきなり逃《に》げだしましたが、五、六歩《ぽ》走ったかとおもうと、動《うご》けなくなってしまいました。

なにか目に見えないものに、ひっぱられているような感《かん》じで、逃げようとすればするほど、ぎゃくにロボットのほうへ、ひっぱられていくのです。

「どうだ。おれは目に見えないひもで、きみをひっぱっているのだ。そのひもで、きみをしばってしまうことだってできるんだよ。」

いかにも、目に見えないひもで、ひっぱられている感じでした。

有田君は、そのひもからのがれるために、めちゃくちゃに手をふって、あばれまわりましたが、どうしてもだめです。一歩も逃げだすことはできないのです。

「そらっ、ひもがはなれた。かけだせ。そして、みんなをよんでこい。おれは、相手《あいて》が多ければ多いほど、ありがたいのだ。」

ロボットが、あたりにひびきわたるような声で、どなりました。

たしかに、目に見えぬひもがとかれたのでしょう。有田君は自由《じゆう》にかけだすことができ

ました。

有田君《ありたくん》は、商店《しょうてん》のならんでいる大通りへかけつけて、赤電話*で一一〇番をよびだし、ロボットがあらわれたことを知らせました。

それから、三分もたつと、三台のパトロールカーがサイレンを鳴らしながら、ロボットのいるところへかけつけてきました。

そのころには、近所《きんじょ》の人たちも、おおぜい集《あつ》まってきて、黒山の人だかりです。

ロボットは、警官《けいかん》たちや近所の人たちにとりかこまれて、もとの場所《ばしょ》につっ立っているのです。

警官たちは、ピストルを手にしていました。なにしろ相手《あいて》は、目に見えぬひもをくりだして、こっちをしばるようなやつです。武器《ぶき》を持たないで、手むかうことはできません。

「ワハハハハ……、おおぜい集まってきたな。さあ、おれをつかまえてみろ。勇気《ゆうき》があったら、やってこい。」

怪物《かいぶつ》が人をばかにしたように、わめくのです。

三人の警官が、体《たい》あたりで、怪物にぶっつかっていきましたが、たちまち、はねとばされてしまいました。

「きさま、うつぞっ、ピストルがこわくないのか。」

＊ このころの公衆電話。赤色が多かった

「ワハハハハ……、ピストルなんか、こわくてどうする。うつなら、うってみろ。」

バーンと、ピストルが発射《はっしゃ》されました。たまは、たしかに怪物《かいぶつ》に命中《めいちゅう》したのです。しかし、ロボットは平気《へいき》です。やっぱり大きな声で笑《わら》っているのです。

「よし、たまのあるだけ、ぶっぱなせっ!」

主《おも》だった警官《けいかん》が、命令《めいれい》するように叫《さけ》びました。五人の警官が、ピストルの銃口《じゅうこう》をそろえて、ねらいをさだめました。

バン、バン、バン、バーン……。

五丁《ちょう》のピストルが、火をはきました。

しかし、こんどは一発《ぱつ》も当たりません。

その瞬間《しゅんかん》に、ロボットが、パッと空中高く、とびあがったからです。

地面《じめん》には大きな鉄《てつ》の靴《くつ》が残《のこ》っていました。ロボットは、重《おも》い靴をぬいで、とびあがったのです。見物《けんぶつ》たちのあいだに、ワーッというざわめきがおこりました。

ロボットは、そのまま、グングン空へのぼっていくではありませんか。

こいつもやっぱり、どこかの星からやってきた宇宙人《うちゅうじん》なのでしょうか。地球《ちきゅう》の人間とはちがって、自由自在《じゆうじざい》に空がとべるのでしょうか。

ヘリコプターのように、プロペラがついているのかと思いましたが、そんなものはつい

ていないのです。ただ自分の力だけで、フワフワと空中へのぼっていくのです。

また、人々の口から、ワーッという声がひびきました。

おお、ごらんなさい。怪《かい》ロボットは、空中で、クルッとひっくりかえって、頭《あたま》が下に、足が上になりました。そして、そのさかさまの形《かたち》で、どこまでも、空高くのぼっていくのです。

だんだん、小さくなっていきます。子どもぐらいの大きさになり、赤ちゃんぐらいの大きさになり、おもちゃの人形《にんぎょう》ぐらいの大きさになり、そして、とうとう、雲の中へかくれて、見えなくなってしまいました。

「おやっ、これはなんだろう。」

ひとりの警官《けいかん》が、ロボットの靴《くつ》のそばに落《お》ちていた一枚《まい》の紙きれをひろいあげました。

その紙きれには、

月世界旅行《げっせかいりょこう》をしましょう

と、活字《かつじ》で印刷《いんさつ》してあったのです。火星人《かせいじん》が残《のこ》していった紙きれと同じです。火星人と、いまのロボットとは、仲間《なかま》なのでしょうか。

火星人と怪ロボットは、いったい、なんのために、東京《とうきょう》にあらわれたのでしょう。

そして、「月世界旅行《げっせかいりょこう》をしましょう」とは、なにを意味《いみ》するのでしょう。

屋上《おくじょう》の怪人《かいじん》

タコ入道《にゅうどう》のような火星人《かせいじん》と、電気ロボットが東京《とうきょう》にあらわれたことは、新聞の大きな記《き》事《じ》によって、日本じゅうに知れわたりました。

中村《なかむら》、有田《ありた》、長島《ながしま》の三少年をおどろかしたのちにも、この二つの恐《おそ》ろしい怪物《かいぶつ》は、東京の方々《ほうぼう》にあらわれました。そして、その怪物が消《き》えうせたあとには、いつでも、「月世界旅行をしましょう」とか、「月世界へおいでなさい」とかいう、みょうなことを書いた紙きれが落《お》ちているのでした。

あるときは、銀座《ぎんざ》のビルの電光ニュースに、とつぜん「月世界へいきましょう」という文句《もんく》が流《なが》れて、おおぜいの人々を、びっくりさせたこともあります。

また、あるときは、銀座通《ぎんざどお》りの広告塔《こうこくとう》のラウドスピーカーから、やっぱり、「月世界へおいでなさい」という声が、くりかえして叫《さけ》ばれ、人々をふしぎがらせたこともあります。

何者《なにもの》かが、東京じゅうの人を、月世界へさそっているようです。いったい、だれが、なんのために、そんなことをやっているのでしょう。

さて、そんなさわぎのおこっている、ある日のこと、明智探偵事務所《あけちたんていじむしょ》の小林少年《こばやししょうねん》のところへ、へんな電話がかかってきました。

「きみは小林君《こばやしくん》だね。ぼくはデンジンM《エム》というもんだ。」

「え、どなたですか。」

「デンジンM。」

「デンジンって？」

「電気の電と、人物《じんぶつ》の人だ。電気の人間という意味《いみ》だ。電人M《でんじんエム》というのが、ぼくの名だ。」

小林君は、だれかがからかっているのかと思いました。

「その電人Mが、ぼくになんの用があるのですか。」

「きみに会いたいのだ。」

「どんな、ご用ですか。」

「電話ではいえない。会ってから話す。きょう午後四時きっかりに、日本橋《にほんばし》のMビルの屋上《おくじょう》へきてもらいたい。ぼくは屋上で待っているからね。」

Mビルというのは、一階《かい》に銀行《ぎんこう》があって、二階から六階まで、いろいろな会社の事務所《じむしょ》がある、大きなビルでした。小林君は、そのビルをよく知っていました。

「そこで、きみにおもしろいものを見せてあげる。これは電人Mの挑戦《ちょうせん》だよ。もし、きみ

がM《エム》ビルへこなければ、きみは、ぼくに負《ま》けたことになるのだ。」

挑戦《ちょうせん》といわれては、相手《あいて》が何者《なにもの》であろうとも、あとへひくことはできません。小林君《こばやしくん》は四時にMビルの屋上《おくじょう》へいくことを約束《やくそく》して、電話を切りました。

それから、明智先生《あけちせんせい》と相談《そうだん》して、ともかくMビルへいってみることにしました。いつもなら電車に乗《の》るのですが、きょうは自家用車を、自分で運転《うんてん》していくのです。

*1「仮面《かめん》の恐怖王《きょうふおう》」の事件《じけん》で、小林君とポケット小僧《こぞう》は、山の中にうずまっていた、ばくだいな小判《こばん》を発見《はっけん》して、そのお礼《れい》として、少年探偵団《しょうねんたんていだん》へ五百万円*2の寄付《きふ》がありましたので、そのお金《かね》で、探偵事務所《たんていじむしょ》に無電《むでん》の設備《せつび》をして、十個《こ》の携帯無線電話《けいたいむせんでんわ》をそなえつけました。

その小さな箱《はこ》を持っていれば、どこからでも、探偵事務所と話ができるのです。

それから、一台の自動車《じどうしゃ》を買いいれました。「アケチ一号《ごう》」という名前です。それは探《たん》偵用《ていよう》の自動車で、腰《こし》かけの下に人間がかくれることもできますし、また、そこには、いろいろな変装《へんそう》の道具《どうぐ》もいれてあるのです。携帯無線電話の箱も、おいてあります。自動車にとりつけないで、いつでも持ちだせるようになっているのです。

小林君は、前から自動車の運転ができたのですが、このアケチ一号を買ってから、その車でじゅうぶん練習《れんしゅう》しましたから、すこしもあぶなげがありません。小林君はアケチ一号を運転して、日本橋《にほんばし》のMビルの前に車をとめておいて、エレベーターで屋上にのぼりまし

＊1　シリーズ第22巻　＊2　現在の約五千万円

た。まだ四時には二、三分あります。

広い屋上《おくじょう》には、人影《ひとかげ》もありません。昼ごはんのあとは、会社の人でにぎわうのですが、いまはもう夕方にちかいので、だれも屋上にあがっている人はないのです。屋上には、両《りょう》方《ほう》のはしに、出入り口がついています。小さな小屋《こや》のようなもので、そこにはエレベーターと階段《かいだん》があるのです。

腕時計《うでどけい》が、ちょうど、四時をさしたとき、そのいっぽうの出入り口のドアがひらいて、へんなものが出てきました。

大きなロボットです。からだは鉄《てつ》でできているようです。頭《あたま》は、すきとおったプラスチックで、その中に機械《きかい》がいっぱいならんでいます。二つの赤い光が、チカッ、チカッと、ついたり消《き》えたりしていて、それが赤い目のように見えるのです。

「あっ、あいつが、電人《でんじん》M《エム》だなっ。」

小林君《こばやしくん》は、とっさにそう考えました。そして、じっと待っていますと、ロボットは、機械のような歩き方で、こちらへ進《すす》んできました。

「おお、小林君、よくきたね。いまに、おもしろいことが、はじまるから、見ていたまえ。」

ロボットが、へんなしわがれ声でいいました。

小林君《こばやしくん》は、こいつが新聞に出ていた、あのロボットだなと思いました。風船《ふうせん》のように、空へとんでいった、あのロボットと同じやつだろうと考えたのです。

ロボットは、屋上《おくじょう》の手すりのところへいって、はるか下の道路《どうろ》を見おろしました。

そこには、都電《*とでん》が通っています。たくさんの自動車《じどうしゃ》が走っています。それがマッチの箱《はこ》のように小さく見えるのです。人道《じんどう》には、豆粒《まめつぶ》のような人が、ゾロゾロと歩いています。

ロボットは、右手に、厚《あつ》ぼったい紙のたばを持っていましたが、その右手を、高くあげたかとおもうと、紙たばを、パッと下の道路にむかって、投《な》げおろしました。

紙が一枚《まい》一枚はなれて、ひろがって、まるで雪のように、チラチラと降《ふ》っていきます。美しいながめです。下の道路を歩いていた人たちが、それに気づいて、空を見あげています。両手《りょうて》をひろげて、待ちかまえている人もあります。

白い紙きれは、人々の頭《あたま》の上をかすめて、地面《じめん》に落《お》ちました。みんなが、あらそってそれをひろっています。その紙きれには、

月世界《げっせかい》へおいでなさい

と、印刷《いんさつ》してあったのです。

この紙を投げたのはだれだろうと、みんながM《エム》ビルの屋上を見あげました。

＊このころ都電は都民のたいせつな交通機関だった

ロボットは平気《へいき》で、手すりによりかかって、下をのぞいています。地面《じめん》からワーッという声が、聞こえてきました。みんなが、恐《おそ》ろしいロボットを見て、叫《さけ》んでいるのです。

やがて、むこうから、ふたりの警官《けいかん》がかけつけてきました。そして、M《エム》ビルの入り口から、中へはいってくるのが見えました。それでもロボットは、もとの姿勢《しせい》のまま、動《うご》くようすはありません。

いまに、あの警官が屋上《おくじょう》にあがってきたら、どうするだろうと、かえって小林君《こばやしくん》のほうが心配《しんぱい》になるほどでした。

それから、息《いき》づまるような数分間がすぎました。

すると、はたしてむこうの出入り口から、ふたりの警官と、おおぜいの背広《せびろ》の人たちがかけだしてきました。

「あっ、あそこにいる。」

だれかが、大きな声で叫びました。

そのときロボットは、やっと手すりをはなれて、人々のほうを見ました。

「小林君、いいかい。これから、おもしろいことがおこるんだ。きみの知恵《ちえ》をはたらかせるときだよ。」

そういったかとおもうと、ロボットは、やにわにむきをかえて、べつの出入り口のほう

へかけだしたのです。機械《きかい》のようなへんな走りかたですが、その速《はや》いこと。小林君《こばやしくん》もあとを追《お》って、かけだしました。小林君はむろん、警官《けいかん》の味方《みかた》です。

警官たちは、ロボットが逃《に》げだすのを見て、いっそう足を速めたので、だんだんへだたりがちぢまってきます。

ロボットは階段《かいだん》をかけおりて、六階《かい》におり、そこの廊下《ろうか》を走っていって、ひとつの部屋《へや》にとびこむと、中からかぎをかけてしまいました。小林少年《こばやししょうねん》はドアの前に立ったまま、みんなのくるのを待っているほかはないのでした。

大《だい》月《げっ》球《きゅう》

警官たちがかけつけてきました。

「ここです。この部屋にはいってかぎをかけました。」

小林君がそういいますと、警官のひとりが、かぎ穴《あな》をのぞきましたが、かぎがさしたままになっていて、なにも見えません。

そのとき部屋の中で、なにか叫《さけ》ぶ声が聞こえました。どうも、ふたりの声のようです。するとこの部屋には人がいて、ロボットとあらそっているのでしょうか。

「助《たす》けてくれえ……」

その人は、ロボットにひどいめにあわされているようです。

「よし、このドアをやぶるんだっ。」

警官《けいかん》はそう叫《さけ》んで、ドシン、ドシンと、からだをドアにぶっつけはじめました。しかし、ドアは、なかなかこわれません。なんども、なんども体《たい》あたりをしているうちに、やっとドアのちょうつがいがはずれたので、人々はドアをおしたおして、中へとびこんでいきました。

ひとりの背広《せびろ》の男が、ひらいた窓《まど》から、外をのぞいています。

「どうしたのです。ロボットはどこへいったのです。」

警官がたずねますと、その男はふりむいて、

「この窓から、中庭《なかにわ》へとびおりました。ふしぎです。やつは、たおれもしないでそのまま、あの入り口から一階《かい》へはいっていきました。」

空へ風船《ふうせん》のようにとびあがるほどのロボットですから、六階からとびおりるくらい平気《へいき》なのでしょう。

それを聞くと、ひとりの警官が叫びました。

「よし、ぼくはエレベーターで追《お》っかける。きみはこの電話で、パトカーの応援《おうえん》をたのん

でくれ。」

そして部屋《へや》をとびだすと、エレベーターのほうへ走りました。おおぜいのM《エム》ビルの会社の人たちも、同じようにエレベーターへいそぎました。

あとに残《のこ》った警官《けいかん》は、電話をかけおわると、これもエレベーターのほうへ、かけだしていきます。

あたりの部屋から集《あつ》まった人たちも、それぞれひきあげてしまい、長い廊下《ろうか》に、人影《ひとかげ》が見えなくなりました。

すると、やぶれたドアからさっきの男が、大きな四角のズックのカバンをさげて、出てきたのです。あたりを見まわして、階段《かいだん》のほうへいそいでいきます。

小林少年《こばやししょうねん》は、廊下のまがりかどに身《み》をかくして、男が出てくるのを待っていました。

この男があやしいと考えたのです。警官がドアをやぶっているあいだに、ロボットの変《へん》装《そう》をぬいで、ふつうの人間にもどっていたのかもしれないからです。

いま、その男が大きなカバンを持って出てきたのを見ると、もう、それにちがいないと思いました。ロボットのからだは、うすい金属《きんぞく》でこしらえてあって、それがこまかくおりたためるようにできているとすれば、あのカバンの中におさまってしまうでしょう。プラスチックの頭《あたま》だって、いくつにも、われるようになっているのかもしれません。

それに、ロボットの背《せ》の高さは二メートルにちかいのですから、プラスチックの頭《あたま》の下に、人間がはいっていることもできるわけです。

小林君《こばやしくん》は、そのあやしい男のあとを、ソッと尾行《びこう》しました。

男は、エレベーターでは、だれが乗《の》っているのかわからないので、あぶないと思ったのでしょう、階段《かいだん》をトコトコおりていきます。小林君にとっては、そのほうがつごうがいいのです。一度《ど》も見うしなわずに、M《エム》ビルの外まで尾行することができました。

男は、そこにならんでいる一台の自動車《じどうしゃ》に乗りこみました。運転手《うんてんしゅ》はいないようですから、自分《じぶん》で運転するのでしょう。

それを見とどけると、小林君も自分の車のほうへ走っていって、乗りこみました。

そして、自動車の追跡《ついせき》がはじまったのです。

男の車は池袋《いけぶくろ》から豊島園《としまえん》をすぎて、練馬区《ねりまく》の畑《はたけ》の中へはいっていきました。もうそのころは、日がくれて、あたりはまっ暗《くら》でした。

広い畑の中の道をしばらくいくと、どこかの会社の建築用地《けんちくようち》なのでしょう。長い板塀《いたべい》のつづいているところに出ました。男の車は、その板塀のきわでとまり、男は塀についている戸をひらいて、中へはいっていったようです。

小林君も、五十メートルほどへだたったところで車をおりると、ソッと、男の車のほう

へ近づいていきました。

男の車は、ヘッドライトを消《け》してしまいましたし、そのへんには電灯《でんとう》もないので、あたりはまっ暗《くら》でしたが、星空のうすあかりで、長い塀《へい》がぼんやりと見えています。

男のはいった塀の戸の外までいって、じっと耳をすましていますと、スーッと音もなく戸がひらき、そこに男がつっ立っていました。

小林君《こばやしくん》はびっくりして、身《み》をかくそうとしましたが、もうまにあいません。

「ハハハ……、待っていたんだよ。きみが車で尾行《びこう》していることも、ちゃんと知っていたのさ。きみは、やっぱりうまく知恵《ちえ》をはたらかせたね。おまわりさんより頭《あたま》がいいぞ。」

もう、こうなっては、しかたがありません。小林君も度胸《どきょう》をすえました。

「じゃあ、きみがロボットにばけていたんだね。」

「そうだよ、ロボットの衣装《いしょう》はこまかくおりたたんで、このカバンの中にいれてある。まさか、あんなにはやくロボットが人間にかわるなんて、思いもよらないものだから、おまわりさんたちも、すっかりだまされてしまったのさ。それを、きみだけが見やぶったのは、さすがに明智探偵《あけちたんてい》の弟子《でし》だよ。」

こんなやつにほめられても、いっこうにうれしくありません。

「じゃあ、きみが、さっき電話をかけてきた電人《でんじん》M《エム》なのかい。」

「いや、そうじゃない。電人M《でんじんエム》というのは、おれたちのおかしらだ。おれはその部下《ぶか》なのさ。電人Mが、どんなに恐《おそ》ろしいおかただか、いまに、きみにもわかるときがくるだろうよ。」

「それにしても、きみは、ぼくがつけてくるのを知りながら、なぜ逃《に》げなかったの。ぼくをここへおびきよせたのは、なんのためなんだい。」

「それは、おもしろいものを見せてやろうと思ったからさ。つまり、宣伝《せんでん》のためだよ。」

「えっ、宣伝のためだって。」

「そうさ、宣伝さ。そのために、おれたちは電光ニュースや、広告塔《こうこくとう》にいたずらをしたり、印刷《いんさつ》した紙をばらまいたり、火星人《かせいじん》のような怪物《かいぶつ》をあらわしたり、ロボットを空へとばしたりしているんだ。」

「ロボットといえば、きょうのきみのロボットと、あの空へとんだロボットとは、つくりかたがちがうんだね。」

「そうだよ。空へとんだやつは、ビニールの風船《ふうせん》だよ。ロボットのような形《かたち》にして、色をぬってごまかしてあるのさ。水素《すいそ》がいっぱいつめてあるので、鉄《てつ》の靴《くつ》さえぬげば、とびあがるようになっているのだ。そのうえ、胸《むね》のところは、防弾《ぼうだん》チョッキのように、軽《かる》いじょうぶな金属《きんぞく》がついているのさ。」

「じゃあ、あの中に人間がはいっていたの。」

「いや、人間なんかはいってやしない。はいっていたら、あんなにとべないよ。ただの風《ふう》船《せん》さ。」

「それじゃ、どうして、ものをいったんだい。」

「ロボットの胸《むね》に、無《む》線《せん》電《でん》話《わ》のラウドスピーカーがしかけてあって、遠くから、おれたちの仲《なか》間《ま》がしゃべっていたんだよ。あそこのコンクリート塀《べい》の中からね。ロボットを歩かせるのも、重《おも》い靴《くつ》をぬがせるのも、みんな無《む》線《せん》操《そう》縦《じゅう》でやっていたのさ。」

「タコのような火《か》星《せい》人《じん》は？」

「中に人間がはいっていたんだよ。あれもビニールでこしらえたものだが、じつにうまくできている。絵にかいた火星人そっくりだからね。六本の足のうち四本は、人間の足と手がはいっているが、あとの二本は、ただブラン、ブランと、さがっているだけなのさ。」

小《こ》林《ばやし》君《くん》は、こんなに、なにもかも打《う》ちあけてしまって、いったい、どうする気だろうと、あやしまないではいられませんでした。

「で、そんなことをやって、なにを宣《せん》伝《でん》しようとしたんだい。」

「わかってるじゃないか。月《げっ》世《せ》界《かい》旅《りょ》行《こう》へさそったのさ。」

「えっ、月世界旅行だって？」

「ハハハハ……、きみは、まだ気がつかないのかい。ほら、あそこを見てごらん。」

男はそういって、塀《へい》の中の闇《やみ》を指《ゆび》さしました。しかし、まっ暗《くら》で、なにがあるのか、よくわかりません。

「ボーッと見えるだろう。でっかいものが。」

そういわれると、星空の下に、大きな、まるい山のようなものが、むこうにそびえています。

じっと見つめていますと、だんだん、その形《かたち》がわかってきました。

それは、地球儀《ちきゅうぎ》を何万倍《なんまんばい》にもしたような、まんまるい、でっかいものでした。コンクリートでできているのでしょう。さしわたし五十メートルもあるような、恐《おそ》ろしく大きな球《きゅう》です。

よく見ると、その表面《ひょうめん》に、たくさんのでこぼこがあります。ああ、わかった。望遠鏡《ぼうえんきょう》で見た月の表面とそっくりです。さしわたし五十メートルの月世界《げっせかい》が、闇の中にそびえていたのです。

「わかったかね。つまり地上の月世界さ。あの月世界にむかって、ロケットで旅行《りょこう》をするのだ。ロケットのほうは、まだここに持ってきてないが、見物人《けんぶつにん》はそのロケットにはいるのさ。そして、月世界へとぶんだよ。」

とほうもない見世物《みせもの》です。

それにふさわしく、とほうもない宣伝《せんでん》をやったものです。

ああ、この月世界旅行《げっせかいりょこう》の見世物から、いったい、どんなことが、おこってくるのでしょうか。

ロケットに乗《の》って

小林少年《こばやししょうねん》が、へんな男に、練馬区《ねりまく》の畑《はたけ》の中にそびえている人工月世界《じんこうげっせかい》を見せられてから、一週間ほどしますと、東京《とうきょう》のおもな新聞に、一ページの大広告《だいこうこく》が出ました。

それには、「東京の一角《いっかく》に、大月世界《だいげっせかい》が出現《しゅつげん》しました。みなさんロケットに乗《の》って、月世界を探検《たんけん》してください」という文句《もんく》が、大きな写真《しゃしん》いりで、でかでかと印刷《いんさつ》してあったのです。

東京じゅうに、どっと笑《わら》い声《ごえ》がおこりました。このあいだから火星人《かせいじん》や電気ロボットは、みんな、この人工月世界の宣伝にすぎなかったことがわかったからです。なんという、めちゃくちゃな宣伝をしたものだろうと、みんなあきれかえってしまいました。

この月世界をつくった会社の重役《じゅうやく》は、警視庁《けいしちょう》によびつけられて、ひどくしかられました

が、そのことがまた宣伝《せんでん》になって、人工月世界旅行《じんこうげっせかいりょこう》は、恐《おそ》ろしくはんじょうしました。毎日、毎日、何千人という見物人《けんぶつにん》がおしかけたのです。多くは少年少女、または子どもづれのおとなたちでした。

一万平方《へいほう》メートルもある敷地《しきち》の一方のすみに、直径《ちょっけい》五十メートルもある月世界が、巨大《きょだい》なおわんをふせたようにそびえています。月球《げっきゅう》の半分だけが、地上に、山のようにもりあがっているのです。

その敷地の三方《さんぽう》のすみに、月世界行《げっせかいゆ》きのロケットの乗《の》り場《ば》があります。

見物人たちは、そこで宇宙服《うちゅうふく》を着《き》せられ、まるい、すきとおった宇宙帽《うちゅうぼう》をかぶせられます。そして、高い階段《かいだん》をのぼって、コンクリートの台の上から、空中にロープでさがっているロケット型《がた》のケーブルカーに乗りこむのです。一度《ど》に十五人しか乗れませんが、それが三か所《しょ》にあるのですから、四十五人ずつはこべるわけです。

ロケット型のケーブルカーは、ロープをつたって、三百メートルほどの空中を、恐《おそ》ろしい速《はや》さで月世界につき進《すす》みます。

そして、月世界のそばまでくると、ロケットはグルッとまわって、後部《こうぶ》のほうから、着陸《ちゃくりく》するのです。

見物人たちは、後部についている出入り口から、ひとりずつ、大噴火山《だいふんかざん》のあとのような

でこぼこのある月面《げつめん》におりたちます。

それから、まるい月の表面《ひょうめん》を、山のぼりのようによじのぼるのです。月面は宇宙服《うちゅうふく》の見物人《けんぶつにん》たちでいっぱいになります。でこぼこの表面ですから、足がかりはいくらもあるので、すべり落《お》ちることはありません。そして、頂上《ちょうじょう》までのぼりつき、四方《しほう》をながめたけしきは、じつにすばらしい。まるでほんとうの月世界《げっせかい》にきたような気持ちです。

「あっ、あそこにも月がある。」

「あれは地球《ちきゅう》だよ。月世界から見た地球だよ。」

見物の少年たちが、口々に叫《さけ》ぶのでした。

地球から見る月の何倍《なんばい》もある、大きな地球が空中に浮《う》かんでいます。それは、地球の形《かたち》をした気球《ききゅう》なのです。地上の機械《きかい》にロープでつないであって、それがゆっくり動《うご》いているのです。

それをながめていますと、見物人たちは、ほんとうに、地球を遠く遠くはなれてきたような気持ちになるのでした。

「あっ、あそこに日本が見える。あれだよ。あの小さい島だよ。」

「東京《とうきょう》はどこだろう。」

「東京なんて、ここから見えるもんか。」

少年たちは、がやがやと、そんなことをしゃべりあうのでした。

月世界《げっせかい》の見物《けんぶつ》は二十分とさだめられ、その時間がすぎると、月球《げっきゅう》の裏側《うらがわ》にある階段《かいだん》をおりなければなりません。その高い階段をおりたところに、月球の内部《ないぶ》への入り口がひらいています。

そこからはいっていきますと、月の裏側がプラネタリウムになっていて、大きな丸天井《まるてんじょう》に、無数《むすう》の星がかがやいているのです。その下には、見物席《けんぶつせき》のベンチが、まるく、グルッとならんでいるのです。

このプラネタリウムは、天体の全景《ぜんけい》をうつすばかりでなく、その一部《いちぶ》だけを大うつしにすることもできるようになっていました。

そこへ地球《ちきゅう》と月が大きくうつって、地球から人工衛星《じんこうえいせい》がうちあげられるところや、月世界へロケットのとんでいくところが、手にとるように見えるのです。

「みなさんは、さっき、こうして月世界へおとびになったのです。ほら、ロケットが月につきました。みなさんは、ロケットから出て、月面《げつめん》の探検《たんけん》をなさるのです。」

ラウドスピーカーから、説明者《せつめいしゃ》の声がひびいてきます。見物人《けんぶつにん》はそれを聞いて、さっきの自分たちのロケット旅行《りょこう》を思いだすのです。

それが消《き》えると、こんどは、もういっそう大うつしになって、人工衛星の部分《ぶぶん》が、いく

どにもうちあげられ、それを組みたてていく光景《こうけい》があらわれます。宇宙服《うちゅうふく》を着《き》た小さな人間が、空中をおよぐように動《うご》きまわって、組みたての仕事《しごと》をしているところまで、よく見えるのです。

そのほか、いろいろな天体のありさまがうつしだされたあとで、見物人《けんぶつにん》たちは、プラネタリウムをあとにして、裏門《うらもん》のところで宇宙服をぬがされて、会場《かいじょう》を出るのです。

このふしぎな見世物《みせもの》は、とっぴな宣伝《せんでん》のききめもあって、すごい人気《にんき》でした。いなかから、わざわざ見物にくる人もあり、東京《とうきょう》タワーとならんで、東京の名物《めいぶつ》のようになり、月《げっ》世界行《せかいゆ》きのバスもできるというさわぎでした。

そして、なにごともなく三か月ほどが過《す》ぎ去《さ》りましたが、そのころになって、ぶきみなことがおこりはじめたのです。

大《だい》発《はつ》明《めい》

豊島区《としまく》のおくのさびしい屋敷町《やしきまち》に、近所《きんじょ》の家からはなれて、二階《かいだ》建ての西洋館《せいようかん》が建《た》っていました。これは、化学者遠藤博士《かがくしゃえんどうはくし》の研究所《けんきゅうじょ》と住宅《じゅうたく》をかねた建物《たてもの》でした。

遠藤博士は、もと大学教授《だいがくきょうじゅ》をやっていたこともありますが、もう十年も前、まだ若《わか》いこ

ろに教授《きょうじゅ》をやめて、財産《ざいさん》のあるにまかせて、なにか大きな研究《けんきゅう》にとりかかり、それをずっとつづけているのです。

博士《はくし》の家には、おくさんの美代子《みよこ》さんと、治郎君《じろうくん》とやすえちゃんという、ふたりの子どもがありました。治郎君は中学一年生、やすえちゃんは小学校三年生です。

家族《かぞく》のほかに、研究助手《けんきゅうじょしゅ》の木村青年《きむらせいねん》とお手つだいさんがひとりいるきりでした。

博士がなにを研究しているかは、家族のだれも知りません。助手の木村青年さえ、はっきりしたことはわからないのです。

遠藤《えんどう》さんの家には、広い研究室《けんきゅうしつ》があって、その中には、いろいろな化学実験《かがくじっけん》の道具《どうぐ》や薬品《やくひん》が、いっぱいならんでいるのですが、この実験室《じっけんしつ》はがんじょうな鉄筋《てっきん》コンクリートづくりで、一つしかない入り口には、がんじょうなドアがついており、窓《まど》にはぜんぶ鉄格子《てつごうし》がはめてあるうえ、外に鉄のとびらがついていて、まるで巨大《きょだい》な金庫《きんこ》のような部屋《へや》でした。

博士は一日じゅうその研究室にとじこもって、なにかの研究にかかりきっています。おくさんの美代子さんは、心配《しんぱい》して、ときどき、「なにを研究なさっているのですか」とたずねてみるのですが、博士は、

「世界《せかい》をひっくりかえすような大発明《だいはつめい》だよ。しかし、それがなんであるかは、わしのほかは、だれも知らない。木村君も知らない。うっかりしゃべったら、たいへんなことになる

のだ。これは秘中《ひちゅう》の秘《ひ》だよ。」

というばかりでした。

その大発明《だいはつめい》が、いよいよできあがったらしく、このごろは、博士《はくし》の顔《かお》がいきいきしてきました。さもうれしそうに、ひとりでニヤニヤ笑《わら》っていることもあります。

研究室《けんきゅうしつ》の外の小屋《こや》には、ウサギがたくさん飼《か》ってありました。化学実験《かがくじっけん》につかうためです。その何十匹《ぴき》というウサギが、いっぺんに死《し》んでしまって、死骸《しがい》を裏庭《うらにわ》にうずめることが、たびたびありました。庭を掘《ほ》ってうずめるのは、木村助手《きむらじょしゅ》の役目《やくめ》です。そういうことが、いくどもくりかえされたので、五、六年のうちに、何百匹というウサギが、裏庭にうずめられました。

うちの人たちは、それをきみ悪《わる》がりました。木村助手も、あまりいい気持ちはしません。それらのウサギたちが、いつ、どうして死んでしまうのか、すこしもわからなかったのです。

しばらくすると、博士のうちに、いろいろな人がたずねてくるようになりました。みな、りっぱな服《ふく》を着《き》た紳士《しんし》ばかりです。その中には、どこの国の人かわかりませんが、外国人もおりました。そして、それらの紳士たちは、博士の応接間《おうせつま》で、なにかヒソヒソと、長い時間、話をして帰っていくのです。

あるとき、木村助手《きむらじょしゅ》が、おくさんの美代子《みよこ》さんに、こんなことをいいました。

「発明《はつめい》がいよいよできたんですよ。先生が、そうおっしゃいました。まだ秘密《ひみつ》ですが、どこから感《かん》づいたのか、このごろ、たずねてくる人たちは、先生にその発明のことを聞くためにやってくるのですよ。政府《せいふ》のえらい人もきます。外国人もきます。なんだか恐《おそ》ろしくなってきました。先生は、世界《せかい》をひっくりかえすような大発明《だいはつめい》をされたらしいのですよ。」


うちの人たちは、心配《しんぱい》でたまりません。博士《はくし》がいろいろな人につきまとわれて、そのうちに、恐ろしいことがおこるのではないかと思われたからです。

よくやってくる、ある外国人などは、目がへんにするどくて、世界をまたにかけているスパイというような感じをうけました。きみが悪《わる》くてしかたがありません。

ところが、そうしているうちに、もっときみの悪いことがおこったのです。


ある晩《ばん》のこと、使《つか》いにいった木村助手が、顔色《かおいろ》をかえて、研究室《けんきゅうしつ》へとびこんできました。

「先生、塀《へい》の外に、へんなやつがウロウロしてますよ。先生の発明をねらっているのじゃないでしょうか。」

「へんなやつって、どんなやつだ。」

「恐ろしくでっかいやつです。相撲取《すもうと》りみたいな、まっ黒なやつです。」

「まっ黒だって?」

「ええ、からだじゅう、まっ黒です。頭《あたま》はぼくの三倍《ばい》ほどもあって、まっ赤《か》な目がひかっているのです。」

「きみはどうかしたんだよ。そんなばけものが、町を歩いているはずはない。まぼろしでも見たんだ。」

博士《はくし》は、笑《わら》ってとりあいませんでしたが、やがてそれが、けっして、まぼろしなんかでないことが、わかってきたのです。

その晩《ばん》、博士の子どもの中学生の治郎君《じろうくん》は、自分の部屋《へや》で勉強《べんきょう》していましたが、宿題《しゅくだい》がおわったので、ひと休みして、外の空気を吸《す》うために、窓《まど》をひらきました。

窓の外は、まっ暗《くら》な庭《にわ》です。むこうの木のしげみが、黒く見えています。

ふと気がつくと、その木のしげみのあいだに、赤い光が、チラチラと動《うご》いているではありませんか。

「おや、なんだろう。ヘビの目がひかっているのかしら。いや、あんな大きな目のヘビがいるはずはない。それに、動物《どうぶつ》の目にしては赤すぎる。といって懐中電灯《かいちゅうでんとう》でもない、へんだなあ……」

治郎君は勇気《ゆうき》のある少年でしたから、外へいって、たしかめてみる気になりました。

懐中電灯を持って部屋を出ると、縁側《えんがわ》からおりて、庭にまわり、木のしげみへ近づいて

いきました。

チカ、チカ、チカ……、その赤い光が、ついたり、消《き》えたりしています。

「だれだっ、そこにいるのは？」

治郎君《じろうくん》は、そう叫《さけ》んで、いきなり懐中電灯《かいちゅうでんとう》をつけて、そのへんを照《て》らしました。

電人《でんじん》M《エム》あらわる

すると、木のしげみから、ヌーッと立ちあがったやつがあります。

治郎君はそれを見ると、ギョッとして、動《うご》けなくなってしまいました。

そいつは、おとなの一倍半《ばいはん》もある、まっ黒な、でっかいやつでした。からだは、ロボットのように、鉄《てつ》かなんかでできていて、顔《かお》はガラスのようにすきとおって、恐《おそ》ろしく大きく、目のところに二つの赤い光が、チカッ、チカッと、かがやいています。鼻《はな》も口もなくて、まるいガラスのようなものの中に、小さい機械《きかい》が、ウジャウジャかたまっているのです。

人間でいえば、口のへんにあたる、こまかい機械が、ピアノのキーのように、カタカタと動きました。

「エヘヘヘヘ……」

怪物《かいぶつ》が、みょうな声で笑《わら》ったのです。

治郎君《じろうくん》は、あまりの恐《おそ》ろしさに、死《し》にものぐるいでかけだしました。そして、家の中にころがりこむと、

「おとうさん、たいへんです。庭《にわ》に、恐ろしいやつがいる。」

と、叫《さけ》びました。

「なんだ、なんだ。」

おとうさんの遠藤博士《えんどうはくし》が、そこへかけつけてきました。そして、庭にへんなやつがいると聞くと、すぐに、懐中電灯《かいちゅうでんとう》を持って、とびだしていきましたが、もうそのときには、どこをさがしても、怪物の姿《すがた》は見つかりませんでした。

遠藤博士も、二度《ど》もこんなことがあっては、もう、笑っているわけにはいきません。すぐに警察《けいさつ》に電話をかけて、警官《けいかん》にしらべてもらうようにたのみました。

すると、まもなく、近くの警察署《けいさつしょ》から三人の警官がやってきて、博士邸《はくしてい》の内外を念入《ねんい》りにしらべてくれましたが、なんの発見《はっけん》もなくおわりました。

それがすんでから、博士の応接間《おうせつま》に集《あつ》まった三人の警官のひとりが、へんな顔《かお》をして、こんなことを、いいだしたではありませんか。

「先生、その怪物《かいぶつ》は電気ロボットに、似《に》ていますねえ。」

「え、ロボットというと。」

「ほら、月世界旅行《げっせかいりょこう》の見世物《みせもの》が、前宣伝《まえせんでん》につかったやつですよ。タコのような火星人《かせいじん》と、ものすごい電気ロボットが、方々《ほうぼう》にあらわれて、世間《せけん》をさわがせたことがあるでしょう。」

「ああ、そうだ。治郎《じろう》の見た怪物は、新聞にスケッチの出ていた、あの電気ロボットと、そっくりですね。だが、その電気ロボットが、どうして、わたしの家へやってくるのでしょう。」

博士《はくし》はふしんらしく、まゆをしかめました。

「あの電気ロボットならば、中に人間がはいっている、つくりものです。怪物でもなんでもありません。広告《こうこく》のチンドン屋《や》さんと同じようなものですからね。しかし、そいつがどうして、おたくの庭《にわ》まではいってきたか、また、塀《へい》の外を、うろついていたか。どうもふしぎですね。」

そこで、三人の警官《けいかん》は、

「もしまた、あいつがあらわれたら、すぐかけつけますから、電話をください。」

といいのこして、そのまま、ひきあげていきました。

ところが、そのあくる日の夕方のことです。またしても、恐《おそ》ろしいことがおこりました。

その夕方、治郎君《じろうくん》の妹のやすえちゃんと、おかあさんの美代子《みよこ》さんが、いっしょに、二階《かい》への階段《かいだん》の下の、うす暗《ぐら》い広い廊下《ろうか》を歩いていたときです。

階段の上から、だれかがおりてきました。

いまごろ、だれが二階にいたのかしらと思って、ヒョイと見あげますと……、そこに恐《おそ》ろしい姿《すがた》があったのです。

やすえちゃんは、「キャーッ」といって、廊下にうずくまってしまいました。おかあさんも、やすえちゃんをかばうように、その上に重《かさ》なって、いまにも気が遠くなりそうでした。

それはあの電気ロボットの怪物《かいぶつ》でした。いや、それはかりでなく、もっときみの悪《わる》いものが、ロボットの首にまきついていました。

それは、あのタコのような火星人《かせいじん》です。六本の長い足を、電気ロボットの首にまきつけ、でっかい、まるい頭《あたま》を、ロボットのプラスチックの頭の上にのせて、大きな目で、うすきみ悪《わる》く、こちらをにらんでいるのです。

その、なんともいえない、へんてこな姿で、ロボットは、一段一段、階段をおりてきます。

やすえちゃんと、おかあさんは、もとのところにうずくまったままで、どうすることも

できません。いまにも、ロボットが近づいて、恐《おそ》ろしいめに、あわせるのではないでしょうか。

そのとき、バタバタと人の走ってくる足音がしました。治郎君《じろうくん》です。さっきのやすえちゃんの叫《さけ》び声《ごえ》を聞いて、かけつけてきたのです。

廊下《ろうか》のかどをまがると、すぐに、怪物《かいぶつ》の姿《すがた》が目にうつりました。

「おとうさん、たいへんです。はやくきてください。」

治郎君がせいいっぱいの声で、叫びました。

それを聞くと、怪物は、まだ三段《だん》ほど残《のこ》っていた階段《かいだん》を、パッととびおりて、治郎君のいるのとは反対《はんたい》のほうへ、逃《に》げていきます。

そこへ、治郎君のうしろから、おとうさんの博士《はくし》がかけつけてきました。そして、ロボットがあらわれたと聞くと、すぐに、そこの部屋《へや》にとびこんで、警察《けいさつ》へ電話をかけるのでした。

「おとうさん、あいつは研究室《けんきゅうしつ》のほうへ逃げました。ですから、いきどまりです。研究室のほかには木村《きむら》さんの部屋があるきりです。木村さんの部屋にも、窓《まど》に鉄格子《てつごうし》がはめてあるから、外へ逃げることはできません。そこで見はっていれば、袋《ふくろ》のネズミですよ。」

博士が電話をかけて出てくるのを待って、治郎君がいいました。

「うん、そうだ。警官《けいかん》がくるまで、ふたりで、ここで見はっていよう。わしは、ピストルを持ってきたから、もし、もどってきたら、これで、おどかせばいい。」

遠藤博士《えんどうはくし》は、届《とど》けずみのピストルを持っていたのです。

ふたりが、そこで見はっていますと、しばらくして、むこうから、こちらへやってくる足音がしました。

さては怪物《かいぶつ》がもどってきたのかと、ピストルを持って身《み》がまえましたが、どうも怪物ではなさそうです。なんだかよわよわしい、たよりない足音です。

あらわれたのは、助手《じょしゅ》の木村青年《きむらせいねん》でした。ねぼけたような顔《かお》をして、目をこすっていま す。

「おお、木村君《きむらくん》、あいつはどうした。あのロボットはどうした。」

「え、ロボットですって。」

「じゃあ、きみは、あいつに出あわなかったんだな。それじゃ、まだ研究室《けんきゅうしつ》にいるかもしれない。いってみよう。」

博士はさきに立って、研究室にいそぎ、パッと、ドアをひらきましたが、中はからっぽです。

「まさか、きみの部屋《へや》じゃあるまいな。」

そういって、木村助手《きむらじょしゅ》の部屋《へや》もしらべましたが、そこも、からっぽでした。

ああ、怪物《かいぶつ》は、またしても、どこにも逃《に》げ道《みち》のない、いきどまりの廊下《ろうか》から、消《き》えうせてしまったのです。

M《エム》の一字

いったい、あの大きなからだの電人M《でんじんエム》が、どこから逃げだしたのでしょう。研究室《けんきゅうしつ》の壁《かべ》にも床《ゆか》にも天井《てんじょう》にも、秘密《ひみつ》の通路《つうろ》なんか、まったくないのです。あいつは、忍術使《にんじゅつつか》いのように、パッと煙《けむり》になって、消えてしまったのでしょうか。

そんなことができるはずはありません。これには、きっと、なにか恐《おそ》ろしい秘密があるのです。

その事件《じけん》のあくる日の晩《ばん》のことです。またしても、恐ろしいことがおこりました。

博士《はくし》の助手の木村青年《きむらせいねん》は、用事《ようじ》があって外に出ましたが、その帰り道で、博士邸《はくしてい》から五百メートルほどの、さびしい町を歩いていますと、むこうの町かどに、赤いポストが立っていて、そのうしろに、なんだか、みょうなものがうずくまっていました。

「おやっ、なんだろう？　人間じゃないし、動物《どうぶつ》でもない。荷物《にもつ》かしら。それにしても、

あんなまっ黒な荷物《にもつ》なんて、へんだなあ。」

そう思いながら、なにげなく近づいていきますと、その黒いものが、ヌーッと姿《すがた》をあらわしました。

木村助手《きむらじょしゅ》は、棒立《ぼうだ》ちになってしまいました。

それは電人M《でんじんエム》だったのです。この人通りのない町で、木村君《きむらくん》を待ちぶせしていたのです。

木村君は、いきなり、逃《に》げだそうとしましたが、あの黒いロボットは、恐《おそ》ろしい速《はや》さで、木村君にとびかかって、鉄《てつ》の腕《うで》で、うしろからだきしめてしまいました。

「助《たす》けてくれえ……」

木村君は、ありったけの声で叫《さけ》びましたが、そのへんは、高いコンクリート塀《べい》のつづいた、庭《にわ》の広い大きな家ばかりなので、声が聞こえなかったのか、だれも助けにきてくれるものはありません。

電人Mは、木村君を横《よこ》だきにして、トコトコ歩いていきます。

すぐそばに、神社《じんじゃ》の森がありました。電人Mは、その森の中にはいっていって、大きな木の根《ね》もとへ木村君をおろしました。

「ひどいめには、あわさない。安心《あんしん》しなさい。」

ロボットの口のへんの、ピアノのキーのような、たくさんの機械《きかい》が、カチカチと動《うご》いて、

そんな声が出てきました。人間の声ではなくて、機械《きかい》の声です。

「おまえは、遠藤博士《えんどうはくし》の発明《はつめい》の秘密《ひみつ》を知っているだろう。」

電人《でんじん》M《エム》が、またいいました。

「知らない。博士は、助手《じょしゅ》のぼくにも、その秘密を、うちあけられないのだ。」

「ほんとうか。」

「ほんとうだ。ぼくは、助手といっても、雑用《ざつよう》をしているだけで、かんじんなことは、みんな先生が、自分でなさるのだ。」

「それならぬすみだせ。博士の発明を書いた[*1]化学式《かがくしき》をぬすみだして、おれにくれたら、[*2]五十万円やる。どうだ。」

「だめだ。いろんな化学式を書いたノートは、たくさんあるけれども、発明のいちばん大《だい》事《じ》なところは、先生の頭《あたま》の中にあるんだ。たとえ、一度《ど》はノートに書いても、だれにも見せないで、焼《や》いてしまわれるのだ。」

「だが、おまえが、いっしょうけんめいさぐりだそうとすれば、さぐりだせるだろう。それをやってくれ。ほうびは五十万円だ。」

「だめだ、ぼくにはできない。」

「よし、それなら、ひと月待ってやる。そのあいだに、さぐりだせ。もしひと月のあいだ

＊1 元素記号《げんそきごう》をもちいて、物質の構造《こうぞう》をあらわす式
＊2 現在の約五百万円

に、さぐりださなかったら、おまえは、恐《おそ》ろしい目にあわされるんだぞ。死《し》ぬよりも恐ろしいことだ。わかったか。それじゃあ、きょうは、このまま帰れ。きっと約束《やくそく》したぞっ。」

そういったかとおもうと、電人《でんじん》M《エム》はスーッと、森の中のおくへ立ち去ってしまいました。

木村君《きむらくん》は、しばらくは、身動《みうご》きもしないで、ぼんやりしていました。なんだか、恐ろしい夢《ゆめ》でも見たようで、いまのできごとがほんとうとは思えないのでした。

やがて、トボトボと、博士邸《はくしてい》に帰りました。警察《けいさつ》へ届《とど》ける気にもなりません。煙《けむり》のように消《き》えてしまうやつですから、いまさら、追《お》っかけてみたって、つかまえられるはずはないと思ったからです。

それからしばらくすると、遠藤博士《えんどうはくし》と木村助手《きむらじょしゅ》は、研究室《けんきゅうしつ》の中で、ひそひそと話し合っていました。

「そうだったか。よく正直《しょうじき》にいってくれた。きみのからだは、わしが引きうけた。どんなことがあっても恐ろしい目になんか、あわせないようにする。きみのいうとおり、この発明《はつめい》はわしの頭《あたま》の中にあるんだ。書いたものなど、なんにもない。きみは、いくら骨《ほね》おっても、わしから、秘密《ひみつ》をさぐりだすことができなかったといえばいいのだ。」

博士は、木村助手の肩《かた》をたたいて、安心《あんしん》させるようにいいました。

「ぼくも、そのつもりです。しかし、相手《あいて》はえたいの知れない、恐ろしいやつです。この

うえ、どんな方法《ほうほう》を考えだすか知れません。先生も油断《ゆだん》をなさらないように。」

「うん、それは知っている。すぐに、このことを警察《けいさつ》に知らせておこう。」

博士《はくし》はそういって立ちあがると、部屋《へや》を出ていきました。そして、ドアをしめて、廊下《ろうか》を五、六歩《ぽ》あるいたときです。いま、しめたばかりのドアが中からひらいて、木村助手《きむらじょしゅ》の顔《かお》がのぞきました。

「先生、ちょっと。」

おしつぶしたような低《ひく》い声で、博士をよぶのです。

博士は、ふりむきました。

「あ、どうしたんだ。きみの顔は、まっ青《さお》だぞ。」

「ちょっと、ちょっと、はやく。」

あおざめた木村助手が、ドアの中を指《ゆび》さして博士を手まねきするのです。

博士はツカツカと、あともどりして、研究室《けんきゅうしつ》の中にはいりました。

木村君《きむらくん》は、部屋《へや》のまん中までいって、そこにつっ立ったまま、一方《いっぽう》の白い壁《かべ》を、じっと見つめています。

「あっ！」

博士はおもわず、小さな叫《さけ》び声《ごえ》をたてました。

さっきまで、なにもなかったその壁《かべ》に、大きなM《エム》という字が、書きなぐってあるではありませんか。

「おい、木村君《きむらくん》、きみが書いたのじゃないのかっ。」

博士《はくし》はどなりつけました。

「とんでもない。ぼくがどうして、こんないたずらをするもんですか。先生のあとから、ぼくも、自分の部屋《へや》にいこうと思って、ドアに近づいたのです。そのとき部屋の中で、かすかな音がしたように思ったので、ふりかえってみると、この字があったのです。目に見えないやつが、黒いクレヨンかなにかで、書いていったのです。」

クレヨンならば、横《よこ》にして書いたのでしょう。太さ三センチもある字です。またしても、ふしぎがおこりました。あいつは、きのうは、この部屋で、煙《けむり》のように消《き》えたかとおもうと、きょうは、まったく姿《すがた》をあらわさないで、どこからかはいってきて、壁に字を残《のこ》していったのです。

すぐこのことを、警察《けいさつ》に電話しましたので、捜査主任《そうさしゅにん》が部下《ぶか》をつれてやってきました。そして研究室《けんきゅうしつ》をもう一度《ど》、念入《ねんい》りにしらべましたが、なんの手がかりもつかめません。秘《ひ》密《みつ》の通路《つうろ》なんかどこにもないことが、いっそうたしかになったばかりです。

空中の声

それから一週間ほどたった、ある晩《ばん》のことです。遠藤博士《えんどうはくし》は学者《がくしゃ》の会があって、夜おそく、自動車《じどうしゃ》で家に帰りました。

近くに住んでいる友だちを乗《の》せてあげて、その人をおろしてしまうと、あとはひとりでした。車は博士の自家用車で、運転手《うんてんしゅ》も気心《きごころ》の知れた男です。

車は博士邸《はくしてい》に近づきました。かどをまがると、正面《しょうめん》に博士邸のコンクリート塀《べい》がありました。その塀に車のヘッドライトが、パッとまるい光を投《な》げました。

「あっ！」

博士は、それを見ると、おもわず、車の中で中腰《ちゅうごし》になりました。

ごらんなさい。コンクリート塀に大きな黒いM《エム》の字があらわれているではありませんか。

「おやっ！」

運転手も、びっくりして、声をたてました。

車の方向が変《か》わるにつれて、ヘッドライトのまるい光は、塀をつたって動《うご》きます。すると、Mの字も光といっしょに動くのです。

「へんだなあ？」

運転手《うんてんしゅ》は、ひとりごとをいって車をとめると、外にとびだして、ヘッドライトをしらべました。

「先生、わかりました。ヘッドライトのガラスにＭ《エム》の字が書いてあるんですよ。おやっ、中にレンズがとりつけてある。いつのまにだれが、こんないたずらをやりやがったのかな。ただガラスに書いたんじゃハッキリうつらないもんだから、レンズまでとりつけたんです。」

運転手はＭの字の恐《おそ》ろしさを知らないので、平気《へいき》でそんなことをいっていますが、博士《はくし》のほうは、むちでピシッと、ほおをうたれたような気持ちでした。

いったい、なんのために、こんなにＭの字をあらわすのでしょう。Ｍはいうまでもなく電人Ｍ《でんじんエム》の名前ですが、それをなぜ、こんなに見せつけるのでしょう。

あいつは、木村助手《きむらじょしゅ》に、五十万円で発明《はつめい》の秘密《ひみつ》をぬすませようとしましたが、木村君《きむらくん》は、その手にのらないことがわかりました。姿《すがた》をあらわさないで、部屋《へや》の中にはいってくるあいつのことです。このあいだ研究室《けんきゅうしつ》で、博士と木村君とが話し合っていたのを、聞いてしまったのかもしれません。

そこで、あいつは、第《だい》二の手だてを考えているのではないでしょうか。Ｍの字が、こんなにあらわれるのは、なにか恐《おそ》ろしいたくらみの、まえぶれではないのでしょうか。

博士《はくし》はそんなふうに想像《そうぞう》して、いよいよ、油断《ゆだん》がならないと思いました。この博士の考えはあたっていました。電人《でんじんエム》Mは、じつに恐《おそ》ろしいことをたくらんでいたのです。

博士は家にはいると、すぐ警察《けいさつ》に電話をかけました。すると、捜査主任《そうさしゅにん》が、写真機《しゃしんき》を持った刑事《けいじ》をつれてやってきて、自動車《じどうしゃ》をしらべ、ヘッドライトのガラスのMという字を、写真にとって帰りました。*筆跡鑑定《ひっせきかんてい》をするためです。ガラスの指紋《しもん》もしらべましたが、指紋はふきとったらしく、なにも残《のこ》っていませんでした。

さて、その真夜中《まよなか》のことです。

遠藤博士《えんどうはくし》はひとりでベッドに寝《ね》ていましたが、ふと気がつくと、天井《てんじょう》から、小さな黒いものが、フワーッと落《お》ちてくるのが見えました。

「おやっ」と思って、目をはなさないでいますと、その黒いものは、落ちるにつれて、ぐんぐん大きくなってきました。はじめは五センチぐらいだったのが、みるみる、ふくれあがって、三十センチ、五十センチと大きくなり、博士の顔《かお》の真上《まうえ》に、近づいてくるのです。

「あっ、電人Mだっ。」

博士は、心の中で叫《さけ》びました。

そうです。そいつはハッキリと、あのものすごいロボットの形《かたち》をしていました。顔はすきとおって、その中に二つの赤い光がまたたき、口のへんには、歯《は》のような機械《きかい》がゴチャ

＊ 文字の書きぶりをしらべること

ゴチャとならんでいます。

そいつの形《かたち》は、ぐんぐん大きくなってきます。一メートル、一メートル五十センチ……、やがて、ほんものの大きさになって、博士《はくし》の上にのしかかってきました。

博士は、ベッドからとびおりようとしましたが、どういうわけか、からだがすこしも動《うご》きません。助《たす》けをもとめようとしても、声も出ません。

そのうちに、電人《でんじん》M《エム》の恐《おそ》ろしい顔《かお》が、グーッと、博士の顔に近づいて、あのプラスチックの冷《つめ》たい顔が、ピッタリと、博士の額《ひたい》にくっついたのです。怪物《かいぶつ》の目のまっ赤《か》な二つの光が、いなずまのように、博士の目の中にとびこんできました。

博士は「ワーッ」といってもがきまわりました。……そして、目がさめたのです。夢《ゆめ》でした。からだじゅう、汗《あせ》びっしょりです。

「ああ、夢だったのか。」

と、あたりを見まわしました。ベッドの枕《まくら》もとの、青いシェード*の卓上電灯《たくじょうでんとう》が、ぼんやりと寝室《しんしつ》の中を照《て》らしています。その光が弱いので、部屋《へや》のすみずみは、まっ暗《くら》です。

博士はギョッとして、その暗いすみを見つめました。だれかがいるような気がしたからです。

ベッドをとびだして、壁《かべ》のスイッチを押《お》しますと、パッと天井《てんじょう》の電灯《でんとう》がついて、部屋が

＊ 光をさえぎるかさ

明るくなりました。なにもいません。真夜中《まよなか》の寝室《しんしつ》は、シーンとしずまりかえっています。しかし、どうもへんです。音もしないし、姿《すがた》も見えないけれど、なにかが、部屋《へや》の中にいるように思われます。

博士《はくし》はいそいで、部屋をグルグル見まわしました。なにもいません。それでいて、なにかがいるような気がするのです。

さすがの博士も、こわくなってきました。でも、さわぎたてては、みっともないと思ったので、がまんをして、ベッドにはいりましたが、なかなかねむれません。

そのときです。

どこからか、かすかに、もののきしるような音が聞こえてきました。

天井《てんじょう》で、ネズミがなにかをかじっているのかと思いましたが、そうではありません。この音はだんだん大きくなってきました。そして、人間のことばになったのです。

「遠藤君《えんどうくん》、ねむれないようだね。おれの声が聞こえるかね。」

金属《きんぞく》をすりあわせるような、きみの悪《わる》い声です。

博士はだまっていました。声は、それにかまわず、つづきます。

「おれは電人《でんじん》M《エム》だ。おれの持っている電気の力は、オールマイティーだ。どんなことだってできるのだ。こうして、姿を見せないで、きみと話すこともできるのだ。

だが、いくらおれでも、きみの頭《あたま》の中まではわからない。そこで、おれはきみと友だちになりたいのだ。どうだ、おれの仲間《なかま》になって、発明《はつめい》の秘密《ひみつ》を、うちあけないか。そうすれば、金はいくらでも手にはいるんだぞ。

恐《おそ》ろしい大発明《だいはつめい》だ。世界《せかい》をびっくりさせることができる。いや、びっくりさせるばかりじゃない、世界を滅《ほろ》ぼすことだってできる。

だから、いろんなやつが、きみの発明を買いにきている。その中には外国のスパイもいる。だがきみは、感心《かんしん》にも、だれにも売らない。そこで、おれがのりだしたのだ。おれはオールマイティーだから、どんなことでもしてやる。金がほしくないのなら、ほかの望《のぞ》みをいうがいい。おれにできないことはないのだ。

どうだ、承知《しょうち》しないか。おれは、味方《みかた》にすればたのもしいが、敵《てき》にまわすと恐ろしい相《あい》手《て》だぞ。きみはどんな目にあうか、わからないのだぞ。さあ、返事《へんじ》をしてくれ。おい、返事をしないかっ。」

「いやだっ。」

博士《はくし》はベッドにあおむけに寝《ね》たまま、はげしい声で答えました。

「わしは、この発明を日本のためにしかつかわない。いや、人類《じんるい》のためにしかつかわない。この発明が悪者《わるもの》の手にはいったら、たいへんなことになる。そいつは、世界をめちゃめちゃ

にすることができるからだ。

わしは、日本の政府《せいふ》にも、まだ知らせてない。うっかりうちあけると、恐《おそ》ろしいことになるからだ。ひょっとしたら、わしは、だれにもうちあけないで、一生《いっしょう》をおわるかもしれない。それほど恐ろしい発明《はつめい》なのだ。

この大発明《だいはつめい》を、きさまのような怪物《かいぶつ》に売ってたまるかっ。」

博士《はくし》の決心《けっしん》は、天地がひっくりかえってもゆるぎそうにはありません。

「ウフフフ……、さすがは遠藤博士《えんどうはくし》、感心《かんしん》したよ。どこまでがんばれるか、がんばってみるがいい。おれは、この発明を手に入れるために、ずっと前から、大きな計画をたてている。きみの思いもよらないような用意《ようい》がしてある。

その手はじめに、まず、きみをアッといわせてやる。いまに見ろ、きみの家の中に、恐ろしいことがおこるぞ。そのときになって、泣《な》いても、わめいても、もう、とりかえしがつかないのだぞっ。」

このおどかしを聞いても、博士は歯《は》をくいしばって、だまっていました。もう、こんな怪物と口をきくまいと決心したのです。

「ようし、それじゃあ、いまに見ろよ。」

きみの悪《わる》い、ふてぶてしい声がしたかとおもうと、それっきり、もうなにも聞こえなく

なりました。

姿《すがた》のない怪物《かいぶつ》は、部屋《へや》から出ていってしまったのでしょう。

それから三日目の夕方のことです。

中学一年の遠藤治郎君《えんどうじろうくん》は、自分の部屋で、机《つくえ》にむかって、本を読んでいました。

外は恐《おそ》ろしい嵐《あらし》でした。庭《にわ》のたくさんの木の葉《は》が、風に吹《ふ》きちぎられて、空中に舞《ま》いくるっています。

治郎君はふと、本から目をあげて、前の窓《まど》のガラス戸を見ました。

「あっ!」

おもわず叫《さけ》んで、イスから立ちあがりました。

そのガラスいっぱいに大きなM《エム》の字が……手で書いたのではありません。たくさんの木の葉が吹きつけられて、Mの字の形《かたち》になっていたのです。

研究室《けんきゅうしつ》の怪《かい》

そのあくる日の朝はやく、治郎君は庭に出て、外から窓ガラスをしらべてみましたが、するど、あのふしぎのわけがわかりました。怪人《かいじん》はいつのまにか、そのガラスに、接着剤《せっちゃくざい》

で大きなM《エム》の字を書いておいたのです。それに木の葉《は》がたくさん、くっついたというわけでした。

わかってみれば、なんでもないことですが、あの恐《おそ》ろしい電人M《でんじんエム》が、庭《にわ》にしのびこんで、そんなことをやったかと思うと、やっぱりきみが悪《わる》いのです。

治郎君《じろうくん》は、その日、学校へいって、同級《どうきゅう》の親友《しんゆう》、森田君《もりたくん》に、このことを話しました。すると、森田君は少年探偵団員《しょうねんたんていだんいん》だったので、すぐにこう答えました。

「明智先生《あけちせんせい》に相談《そうだん》するといい。その前に、ぼくらの団長《だんちょう》の小林《こばやし》さんに話そう。きっといい考えがあるよ。」

そして、学校がおわると、森田君は遠藤治郎少年《えんどうじろうしょうねん》をつれて、麹町《こうじまち》の明智探偵事務所《あけちたんていじむしょ》をたずねました。

明智先生はるすでしたが、小林少年《こばやししょうねん》は事務所にいて、こころよく相談にのってくれました。

「電人M《でんじんエム》なら、ぼくはよく知ってるよ。いつか、あいつに日本橋《にほんばし》のM《エム》ビルへよびだされたことがある。そして、自動車《じどうしゃ》で、月世界旅行《げっせかいりょこう》の見世物《みせもの》のところまで追跡《ついせき》したんだよ。あのとき、ぼくは電人Mというのは見世物の広告《こうこく》につかわれているのだと思ったが、やっぱり、そうじゃなかったんだね。あの月世界の見世物にだって、どんなたくらみがあるか、知れ

たもんじゃないよ。

電人《でんじん》M《エム》は、きみのおとうさんの秘密《ひみつ》を手に入れるために、きみをかどわかすつもりかもしれない。よしっ、ぼくたちがきみを守《まも》ってあげよう。

今夜にも、なにかおこるかもしれない。ぼくは森田君《もりたくん》といっしょに、アケチ一号《ごう》の自動車《じどうしゃ》に乗《の》って、きみの家のまわりを守ってあげるよ。いざというときには、無電《むでん》でパトロールカーをよぶから、だいじょうぶだ。なにかおこっても、きっときみを助《たす》けてみせるよ。」

小林少年《こばやししょうねん》は、たのもしげに、約束《やくそく》するのでした。

さて、その晩《ばん》のことです。遠藤博士邸《えんどうはくしてい》に、またしても、ふしぎなことがおこりました。

もう九時を過《す》ぎていました。研究室《けんきゅうしつ》にとじこもっている遠藤博士が、ちょっと茶《ちゃ》の間《ま》へいって、お茶をのんで、ひと休みしてから、また研究室へもどるために、廊下《ろうか》を歩いていますと、助手《じょしゅ》の木村青年《きむらせいねん》といきあいました。

木村助手《きむらじょしゅ》は博士を見ると、びっくりしたように、立ちどまって、

「あっ、先生、研究室にいらっしゃったのではないのですか。」

と、たずねるのです。

「ちょっと、茶の間へいっていた。いま研究室へもどるところだ。」

それを聞くと、木村助手はいよいよ、へんな顔《かお》をしました。

「おかしいなあ。先生は、いましがた、治郎《じろう》さんを研究室《けんきゅうしつ》へよんでくれとおっしゃって、ぼくが治郎さんをつれていったばかりですよ。先生が研究室にいらっしゃらなかったとすると、あんな命令《めいれい》をしたのは、だれでしょう?」

「きみは、わしの顔《かお》を見たのかね。」

「いいえ、声を聞いたばかりです。ドアをちょっとひらいて、中からぼくの部屋《へや》へ声をかけられたのです。ですから、先生の顔を見たわけじゃありません。」

「そりゃ、おかしい。すぐにいってみよう。わしは治郎をよんでこいなどといったおぼえはないのだ。」

ふたりは、大いそぎで、研究室の前にかけつけて、ドアをひらこうとしましたが、中からかぎがかかっていてひらきません。そして、部屋の中からは、治郎君《じろうくん》のけたたましい声が聞こえてくるではありませんか。

「いやだっ。きみなんかと、いっしょにいくのは、いやだっ。」

「なんといってもだめだぞ。おれはおまえをつれていくのだ。」

それは、あの聞きおぼえのある、機械《きかい》のきしるような声でした。電人M《でんじんエム》です。電人Mがいつのまにか、研究室にはいって、治郎君をどこかへつれさろうとしているのです。

「だれかきてください。……助《たす》けてえ……」

治郎君《じろうくん》の叫《さけ》び声《ごえ》です。もう、一刻《いっこく》も猶予《ゆうよ》はできません。博士《はくし》はからだごと、ドアにぶっつかっていきました。二度《ど》、三度、ドシンドシンとぶっつかっているうちに、ギギギ……と音がして、ちょうつがいがはずれ、ドアがななめむこうにたおれて、人のはいるすきまができました。

とびこんでみると、おやっ！　部屋《へや》の中はからっぽです。窓《まど》の鉄格子《てつごうし》もちゃんとはまったまま、どこをさがしても、人間ふたりのぬけだしたすきまはありません。

あいつは、ふしぎな魔法《まほう》で、消《き》えうせたのです。自分だけでなくて、治郎君まで消《け》してしまいました。ああ、いったいこれには、どんな秘密《ひみつ》があるのでしょうか。

青い自動車《じどうしゃ》

ちょうどそのころ、博士邸《はくしてい》の外にも、奇怪《きかい》なできごとがおこっていました。

一台の青い自動車《じどうしゃ》が遠藤博士《えんどうはくし》邸《てい》のコンクリート塀《べい》の外にとまりました。ヘッドライトを消《け》して、そのままなにかを待つように、じっととまっているのです。

しばらくすると、門のほうから、大きな影《かげ》が、その自動車に近づいてきました。あの怪《かい》ロボット、電人《でんじん》M《エム》です。プラスチックの顔《かお》の中で、二つの赤い電光の目が、パチパチとま

たたいています。

電人《でんじん》Ｍ《エム》の鉄《てつ》の腕《うで》には、なにか大きなものがかかえられています。手足をしばられ、さるぐつわをはめられた、ひとりの少年です。よく見るとそれは遠藤治郎君《えんどうじろうくん》でした。気をうしなったように、グッタリしています。麻酔薬《ますいやく》をかがされたのかもしれません。

自動車《じどうしゃ》の運転手《うんてんしゅ》が後部席《こうぶせき》のドアをひらきますと、電人Ｍは、まず少年を中にいれて自分も乗《の》りこみました。大型自動車《おおがたじどうしゃ》ですが、電人Ｍはからだが大きいので、まっすぐには、はいれません。横《よこ》になってやっともぐりこんだのです。そして、パタンとドアがしまると、自動車はすぐに走りだしました。

その自動車が、むこうの町かどをまがったかとおもうと、遠藤邸《えんどうてい》の塀《へい》にそって、もう一台の黒い自動車が走ってきました。そして、電人Ｍの自動車のあとをつけはじめたのです。

あとの自動車には三人の少年が乗っていました。ハンドルをにぎっているのは小林少年《こばやししょうねん》、うしろの席にならんでこしかけているのは、治郎君の親友の森田少年《もりたしょうねん》と、それからポケット小僧《こぞう》です。

三人の少年は、夕方から、遠藤邸のまわりを見はっていました。そして、電人Ｍが治郎《じろう》少年《しょうねん》をつれだして、自動車に乗りこむのを見ると、すぐに自分たちも、近くにとめておいたアケチ一号《ごう》にとび乗って、追跡《ついせき》をはじめたのです。

「よくおぼえたぞ、あいつの車は3な……2458だ。」

森田君《もりたくん》がいいました。

「六〇年の青のシボレーだよ。」*

ハンドルをにぎっている小林少年《こばやししょうねん》が、それに答えるように、叫《さけ》びました。

電人《でんじん》M《エム》のシボレーは広い大通りに出て、どこまでも走っていきます。もう豊島区《としまく》から練馬区《ねりまく》にはいっていきます。練馬といえば、あの月世界旅行《げっせかいりょこう》の見世物《みせもの》のある区です。電人Mは治郎君《じろうくん》を、そこへつれていくのではないでしょうか。

いや、そうではありません。電人Mの車は、とある屋敷町《やしきまち》の門のある家の前にとまりました。門にならんで、ガレージの鉄《てつ》のとびらがしまっています。

車からとびおりた運転手《うんてんしゅ》は、そのとびらを、いっぱいにひらきました。そして、運転席《うんてんせき》にもどると車をガレージの中にいれ、そのまま、また、とびらをしめてしまったではありませんか。

車からは、だれもおりなかったのです。電人Mも、治郎少年《じろうしょうねん》も、運転手も、車に乗《の》ったまま、ガレージの中にとじこもってしまったのです。

小林君《こばやしくん》たち三人の少年は、車をおりて、電柱《でんちゅう》のかげにかくれて、それを見とどけました。

「へんだなあ、車に乗ったまま、ガレージの中にはいってしまったよ。もしかしたら、ガ

＊ 一九六〇年につくられたアメリカのゼネラル・モーターズ社の乗用車。高級車として知られていた

レージのうしろに、出入り口があるのかもしれない。ポケット君《くん》、ガレージのうしろをしらべてごらん。」

小林君《こばやしくん》がいいますと、ポケット小僧《こぞう》は、「うん」と答えて、サッと走りだします。あたりは暗《くら》いし、からだが小さいので、たちまち、姿《すがた》が見えなくなりました。

ポケット小僧は鉄格子《てつごうし》の門のとびらを、サルのようによじのぼって、庭《にわ》の中にしのびこみ、ガレージの建物《たてもの》のうしろにまわって、出入り口がないかとしらべました。

ガレージは、庭の中にポツンと建《た》った四角な小屋《こや》で、両横《りょうよこ》も、うしろもコンクリートの壁《かべ》になっていて、どこにも出入り口はありません。ですから、電人《でんじん》M《エム》と、治郎君《じろうくん》と、運転《うんてん》手《しゅ》は、いまもその中にいるわけです。

ポケット小僧は、それをたしかめると、また門のとびらをのりこえて、小林君のところにもどり、そのことを報告《ほうこく》しました。

「よし、それじゃ、すぐにパトロールカーをよぼう。」

小林君はそういって、自動車の中においてあった無線電話機《むせんでんわき》をとりだし、送話器《そうわき》を口の前に持ってきました。

「明智探偵事務所《あけちたんていじむしょ》。マユミさんですか。至急《しきゅう》一一〇番へ、電人Mを追跡《ついせき》して練馬《ねりま》へきました。Mはいまガレージにとじこもっています。すぐにきて、つかまえてくれるようにいった。

てください。」

そういって、ガレージのある場所《ばしょ》をくわしくおしえました。マユミさんが一一〇番にそれを電話すれば、この近くを巡回《じゅんかい》しているパトロールカーが、二、三分もすればやってくるでしょう。

そのあいだ、小林君《こばやしくん》たちは、電柱《でんちゅう》のかげにかくれて、じっとガレージのとびらを見つめていました。とびらは、ぴったりしまったまま、一度《ど》もひらきません。電人《でんじん》M《エム》は、このせまいガレージの中で、いったい、なにをしているのでしょう。

やがて、一台のパトロールカーがやってきました。そのあとから、また一台、つづいて、また一台。つごう三台の白い自動車《じどうしゃ》が、集《あつ》まってきました。三台ともサイレンは鳴らしていません。電人Mがガレージにかくれたとわかっているので、相手《あいて》にさとられないために、現場《げんば》に近づくと、サイレンをとめてしまったのです。三台の車から、六人の警官《けいかん》がおりてきました。小林君はそのそばにかけよって、いままでのことを話しました。警官たちは懐《かい》中電灯《ちゅうでんとう》を照《て》らして、ガレージのとびらに近づいていきます。

ああ、電人Mは、とうとう、袋《ふくろ》のネズミになってしまいました。いくら力の強いロボットでも、こちらは、腕《うで》ききの警官が六人です。まさか、警官たちを押《お》しのけて、逃《に》げだすことはできないでしょう。

ふしぎ ふしぎ

ふたりの警官《けいかん》が、ガレージのとびらに手をかけてひきあけようとしましたが、びくとも動《うご》きません。中からかぎをかけたらしいのです。それを見ると、ふたりの警官が、門のベルを押《お》して中にはいり、その家の人たちをつれてきました。五十ぐらいの主人《しゅじん》と若《わか》い秘書《ひしょ》が、電人M《でんじんエム》のことを聞いてびっくりして、合いかぎを持って、とびだしてきたのです。六人の警官と、小林君《こばやしくん》たち三人と、主人とが、ガレージの前に垣《かき》をつくるように、立ちふさがっていると、秘書が合いかぎをかぎ穴《あな》にさしこんで、カチンとまわしました。

サッと両方《りょうほう》にひらく鉄《てつ》のとびら。ガレージの中はまっ暗《くら》です。

三人の警官が照《て》らす三つの懐中電灯《かいちゅうでんとう》の光の中に、青いシボレーの車体が浮《う》きだしました。

「おやっ、だれもいないぞっ。」

自動車《じどうしゃ》の中はからっぽでした。座席《ざせき》の下や、うしろのトランクもしらべましたが、どこにもかくれてはいません。ガレージの中は自動車でいっぱいになっていて、三方《さんぽう》はコンクリートの壁《かべ》、床《ゆか》はコンクリートの上に鉄板《てっぱん》がはりつめてあって、ぬけ道などは、まったくないのです。

「あっ、やっぱり3な……2458だ。電人《でんじん》M《エム》が乗《の》っていたのは、この自動車《じどうしゃ》ですよ。」

小林少年《こばやししょうねん》が、車の番号《ばんごう》を見て、叫《さけ》びました。

警官《けいかん》たちは、壁《かべ》や床《ゆか》をたたきまわったり、自動車の下にもぐりこんだりして、できるだけしらべましたが、どこにもあやしいところはありません。

「小林君《こばやしくん》、あいつはたしかに、ここにはいったのだろうね。まさか、きみがそんな見まちがいをするとは思えないが。」

警官のひとりが、困《こま》ったような顔《かお》をしていいました。警官たちは、小林君が明智探偵《あけちたんてい》の有名《ゆうめい》な少年助手《しょうねんじょしゅ》だということを、よく知っているのです。

「けっしてまちがいじゃありません。あいつと治郎君《じろうくん》は、ちゃんと車に乗っていたのです。そして車がガレージにはいると、すぐ、とびらがしまりました。それから、ぼくたちは、一度《ど》も、とびらから目をはなさなかったのです。じつにふしぎです。あいつは、やっぱり、魔法使《まほうつか》いなのでしょうか。」

みんな、首をかしげたまま、考えこんでしまいました。ああ、これはいったい、どうしたわけなのでしょう。

警官のひとりが、そこに立っている主人《しゅじん》にたずねました。

「この車は、あなたのですか。」

「そうです。六〇年のシボレーです。番号《ばんごう》もあっています。すると、電人《でんじん》M《エム》というロボットが、いつのまにか、わたしの車をぬすみだして、つかっていたのでしょうか。」

「そうとしか考えられませんね。あいつは、自動車《じどうしゃ》のかぎも、このとびらのかぎも、あなたからぬすむか、同じかぎをつくらせて、持っていたのでしょう。なにか心あたりはありませんか。」

「あっ、そういえば、一週間ほど前、その二つのかぎが、なくなったことがあります。しかし、二日ほどすると、ひょっこり、机《つくえ》のひきだしから出てきたのです。おきわすれたのだろうと思っていましたが、あのとき、ぬすみだして、型《かた》をとったのかもしれません。」

主人《しゅじん》は、くやしそうにいいました。この主人は、ある貿易商《ぼうえきしょう》の重役《じゅうやく》で、桜井《さくらい》さんという人でした。

それにしても、電人Mは、なんという怪物《かいぶつ》でしょう。人間わざではできないことを、いくどとなくやってみせたのです。ふしぎにつぐふしぎです。

いつかの晩《ばん》は、遠藤博士《えんどうはくし》のうちの階段《かいだん》をおりてきて、研究室《けんきゅうしつ》にはいったかとおもうと、そのまま消《き》えてしまいました。

木村助手《きむらじょしゅ》の見ている前で、目に見えないやつが、研究室の壁《かべ》に、大きなMの字を書きました。

また、今夜《こんや》は、治郎少年《じろうしょうねん》が研究室《けんきゅうしつ》によびこまれ、電人《でんじん》M《エム》とあらそっている声がしていたのに、ドアをやぶってみると、部屋《へや》の中はからっぽでした。

研究室の窓《まど》には、ぜんぶ鉄格子《てつごうし》がはめてあります。天井《てんじょう》にも、床《ゆか》にも、壁《かべ》にも、ぜったいに、秘密《ひみつ》の出入り口などありません。その密室《みっしつ》の中から、電人Mだけではなくて、治郎少年まで消《き》えてしまったのです。

そして、いまはまた、このガレージのふしぎ。鉄板《てっぱん》をはりつめた床、コンクリートの壁、どこにも、逃《に》げだすすきまはありません。その中にとじこもった三人が、こつぜんとして、消えうせてしまったのです。

みなさん、いったい、この謎《なぞ》をどう解《と》けばよいのでしょうか。それには、むろん、だれも気づかない秘密があるのです。電人Mという怪物《かいぶつ》の知恵《ちえ》が、考えだしたトリックです。いつかは、その秘密が、わかるときがくるにちがいありません。

この事件《じけん》には、もうひとつの、もっと大きな秘密があります。それは遠藤博士《えんどうはくし》がどんな発明《はつめい》をしたかということです。世界《せかい》をおどろかす大発明《だいはつめい》、これをつかうと、世界じゅうが滅《ほろ》びてしまうほどの大発明、それはいったいなんでしょう。原爆《げんばく》や水爆《すいばく》ではありません。それらは、とっくに発明されているからです。

電人Mは、この遠藤博士の発明がどういうものだか、ということを、うすうす知ってい

るのです。それで、その秘密《ひみつ》を自分のものにして世界《せかい》をびっくりさせたいという野心《やしん》をいだいたのです。

この悪者《わるもの》に、そんな大発明《だいはつめい》の秘密をにぎられたら、たいへんです。どんな恐《おそ》ろしいことがおこるかわかりません。なんとしても、それは、ふせがなければなりません。

ところが、その悪者の電人《でんじん》M《エム》が、遠藤博士《えんどうはくし》の子どもの治郎君《じろうくん》を、かどわかしてしまったのです。むろん、治郎君を人質《ひとじち》にして、博士の発明の秘密と、ひきかえにしようというのでしょう。

ああ、治郎君は、どこへつれていかれたのでしょうか。いまごろは、だれにも知られない、秘密の場所《ばしょ》で、恐ろしい目にあわされているのではないでしょうか。

名探偵《めいたんてい》のりだす

しかたがないので、小林少年《こばやししょうねん》とポケット小僧《こぞう》は、ひとまず探偵事務所《たんていじむしょ》へ、引きあげることにしました。事務所についたのは、もう夜の十一時ごろでした。

ほかの事件《じけん》で外に出ていた明智探偵《あけちたんてい》も、事務所に帰っていましたので、小林君《こばやしくん》はポケット小僧といっしょに、書斎《しょさい》にいって、明智先生に、今夜《こんや》のふしぎなできごとを報告《ほうこく》しまし

た。

ガレージの中で、人間が消《き》えたばかりではありません。聞いてみると、遠藤博士《えんどうはくし》の家には、いろいろふしぎなことがおこっているのです。

遠藤博士の化学研究室《かがくけんきゅうしつ》から、ときどき人間が消えるのです。

いつかの晩《ばん》には、とつぜん、電人《でんじん》M《エム》が二階《かい》からおりてきて、廊下《ろうか》を研究室《けんきゅうしつ》のほうへまがっていったそうです。その廊下は、いきどまりになっていて、どこにも出口はなく、そのつきあたりに、研究室と木村助手《きむらじょしゅ》の部屋《へや》とが、むかいあっているのですが、電人Mは、そっちへいったまま、消えてしまったのです。研究室にも、木村助手の部屋にも、窓《まど》には、ぜんぶ鉄格子《てつごうし》がはまっているので、窓から逃《に》げることもできません。

それから、ゆうべは、電人Mと遠藤治郎君《えんどうじろうくん》が、研究室から消えてしまったのです。博士がちょっと研究室を出たすきに、電人Mがそこにしのびこんで、博士の口まねをして、木村助手に治郎君をよんでくるように、いいつけました。そして、治郎君が研究室にはいっていくと、電人Mが待ちかまえていて、治郎君をつかまえたのです。

博士が研究室にいってみると、ドアにはかぎがかかっていました。そして、中から、電人Mと治郎君のあらそう声が聞こえました。博士はドアにぶっつかって、それをやぶり、研究室にとびこんでいきましたが、中はからっぽでした。窓の鉄格子にも、別条《べつじょう》はありま

せん。いままで、いいあらそっていた電人M《でんじんエム》と治郎君《じろうくん》は、かき消《け》すように姿《すがた》が見えなくなってしまったのです。電人Mは忍術使《にんじゅつつか》いみたいなやつです。自分の姿ばかりでなく、他人《たにん》の姿まで、消すことができるのです。

そのほかにも、いろいろ、ふしぎなことがありました。博士《はくし》と木村助手《きむらじょしゅ》の目の前で、姿のないやつが、研究室《けんきゅうしつ》の壁《かべ》に、大きなMという字を書いたのです。また、博士の自動車《じどうしゃ》のヘッドライトのガラスに、いつのまにか、Mの字が書いてあって、それが塀《へい》に大きくうつったこともあります。

また、博士の寝室《しんしつ》で、だれもいないのに、電人Mの声だけ聞こえたこともあります。そして、今夜《こんや》は、桜井《さくらい》さんのガレージのふしぎです。

「先生、あいつは、ほんとうに魔法使《まほうつか》いなのでしょうか。」

小林少年《こばやししょうねん》が報告《ほうこく》をおわると、明智探偵《あけちたんてい》はニコニコ笑《わら》って、たずねました。

「きみはどう思うね。魔法だと思うかい。」

小林君《こばやしくん》はちょっと考えて、答えました。

「思いません。」

「すると、そういうふしぎは、どうしておこったのだろうね。」

「電人Mのトリックです。」

「そのトリックの秘密《ひみつ》は？」

「ぼくには、わかりません。先生、先生の力で、しらべてください。ぼくには、とてもわからないのです。」

「うん、しらべてみるよ。あす、遠藤博士《えんどうはくし》の家をおたずねしよう。小林君《こばやしくん》、電人《でんじん》M《エム》というやつは、相手《あいて》にとって不足《ふそく》のない大悪人《だいあくにん》だよ。いまに、あっというようなことがおこるから、見ていたまえ。

ところで、ポケット君《くん》、また、きみにひと働《はたら》きしてもらいたいんだが。

それはね、きみにうってつけの仕事《しごと》なんだよ。」

明智探偵《あけちたんてい》は、いつものようにニコニコしながら、声をひそめて、なにか話しはじめるのでした。

天《てん》井《じょう》の目

そのあくる日の午前十時ごろ、明智探偵は小林少年《こばやししょうねん》をつれて、遠藤博士の家にいきましたが、それよりもはやく、午前八時ごろ、博士邸《はくしてい》に、へんなことがおこっていました。

グレーのセーターとグレーのズボン、グレーのベレー帽《ぼう》を、耳のところまで深《ふか》くかぶっ

て、幼稚園生《ようちえんせい》のような小さな子どもが、遠藤博士邸《えんどうはくしてい》の門から、リスのように、チョコチョコとしのびこんで、だれもいない部屋《へや》の窓《まど》から、家の中へはいっていきました。

部屋から、廊下《ろうか》に出ると、あたりに気をくばりながら、壁《かべ》にくっつくようにして、台所《だいどころ》のほうへ近づいていきます。からだは小さいし、グレーの服《ふく》を着《き》ているので、うす暗《ぐら》い廊下ではまるで目につかないのです。

そして、台所に近い、一つの押《お》し入《い》れの前に、たどりつきました。

そこの戸を、音のしないようにあけて、押し入れの上の段《だん》にのぼりつき、中から戸をしめてしまったのです。まっ暗《くら》です。

パッと、あかりがつきました。その子どもは懐中電灯《かいちゅうでんとう》を持っていたのです。

それで、押し入れの天井《てんじょう》を照《て》らしました。それは、ふつうの、板《いた》をはった天井でした。

その天井板《てんじょういた》を下から押してみました。すると、グラグラと動《うご》くのです。電灯工事《でんとうこうじ》のために天井裏《てんじょううら》にはいる出入り口です。遠藤博士の家は、古い木造《もくぞう》の西洋館《せいようかん》で、二階《かい》になっているのは、ごく一部分《いちぶぶん》で、平屋《ひらや》のところは、屋根裏《やねうら》にすきまがあって、自由《じゆう》にはいれるようになっていたのです。

小さな子どもは、その天井板を押しあげて、そこにのぼり、屋根裏にしのびこんでいきました。

みなさん、この小さな子どもが何者《なにもの》だか、もう、とっくにお気づきでしょう。

そうです。ポケット小僧《こぞう》です。ポケット小僧は明智探偵《あけちたんてい》の命令《めいれい》で、こんな冒険《ぼうけん》をやっているのです。

電灯工事《でんとうこうじ》のための天井裏《てんじょううら》への通路《つうろ》というものは、どこの家でも、たいていは、台所《だいどころ》に近い押《お》し入《い》れの中にあるものです。

ポケット小僧は、そういうことを、ちゃんと心得《こころえ》ていましたから、うまく、その出入り口をさがしあてたのです。

ポケット小僧は、それから、しばらくのあいだ、懐中電灯《かいちゅうでんとう》を照《て》らしながら、ごみとクモの巣《す》だらけの天井裏を、ひらべったくなってはいまわり、目あての部屋《へや》の上に近づいていきました。

「あっ、ここだ!」

ポケット小僧は、天井にある四角な小さな穴《あな》から下をのぞいてみて、小声でつぶやきました。

それは、下にある部屋の、空気ぬきの穴でした。

穴の下側《したがわ》には、鉄《てつ》の網《あみ》がはってありましたが、それを通して、部屋のようすがよく見えます。

その下の部屋《へや》は、だれの部屋だったのでしょうか。

ポケット小僧《こぞう》はよく知っています。しかし、わたしたちには、まだわかりません。

ベッドがあります。机《つくえ》があります。その上に本がおいてあります。イスがあります。わりあいに質素《しっそ》な部屋です。

ポケット小僧は、天井《てんじょう》の穴《あな》から、長いあいだ、下をのぞいていました。

下の部屋に、だれかがはいってきました。そして、なんだかへんなことをはじめたのです。ポケット小僧は、胸《むね》をドキドキさせながら、じっと、それを見つめていました。

見るだけ見てしまうと、ポケット小僧は、なおも家じゅうの天井裏《てんじょううら》をはいまわって、いろいろな秘密《ひみつ》を発見《はっけん》しました。そして博士邸《はくしてい》をぬけだしてタクシーで探偵事務所《たんていじむしょ》に帰り、明智先生《あけちせんせい》に報告《ほうこく》しました。

それから、いよいよ明智探偵《あけちたんてい》と小林少年《こばやししょうねん》が、遠藤博士《えんどうはくし》をたずねることになるのです。

秘密《ひみつ》の箱《はこ》

明智は事務所を出る前に、警視庁《けいしちょう》に電話をかけ、親友《しんゆう》の中村警部《なかむらけいぶ》をよびだし、なにかうちあわせをしました。そして、遠藤博士にも、これからおじゃまするとでんわをしてから、

アケチ一号《ごう》の自動車《じどうしゃ》に乗《の》って、博士邸《はくしてい》へいそいだのです。

博士は待ちうけていて、ふたりを応接室《おうせつしつ》に通し、いままでのことを、くわしく話して、名探偵《めいたんてい》の力を借《か》りたいと、たのみました。

「それでは、これから、家の中をしらべさせていただきましょう。ところで、助手《じょしゅ》の木村《きむら》さんというかたは、おいでになるでしょうね。」

「ええ、自分の部屋《へや》におります。その部屋は研究室《けんきゅうしつ》のすぐ前にあるのです。」

「そうですか。では、あちらで、木村さんにもお会いしましょう。」

そして、遠藤博士《えんどうはくし》の案内《あんない》で、明智《あけち》と小林少年《こばやししょうねん》は、まず、研究室にはいって、すみずみまでも、くわしくしらべ、はしごを持ってきて、天井《てんじょう》までもしらべたのです。

それから、みんなは木村助手《きむらじょしゅ》の部屋にはいっていきました。

木村助手はイスから立ちあがって、びっくりしたような顔《かお》で、みんなを迎《むか》えました。博士は木村助手を明智探偵《あけちたんてい》にひきあわせました。

「木村さん、きょうは、家じゅうを、ぜんぶしらべるのです。いま研究室をしらべたところです。ちょうどすぐ前なので、こんどは、あなたの部屋をしらべさせてもらいますよ。」

明智探偵はそういって、部屋の中を、あちこち歩きまわって、しらべはじめました。

「この謎《なぞ》を解《と》くかぎは、四角な窓《まど》と、秘密《ひみつ》の箱《はこ》です。窓からは、おばけがとびだす。箱か

らもおばけが出てくる。ぼくは、その窓《まど》と箱《はこ》をさがしているのです。」

明智探偵《あけちたんてい》がみょうなことをいいました。

「窓ですって。研究室《けんきゅうしつ》も、この部屋《へや》も、窓には、みんな鉄格子《てつごうし》がはまっていますが……」

博士《はくし》がふしぎそうに、聞きかえします。

「いや、その窓ではありません。もっとべつの窓があるのです。いまにわかります。それから、秘密《ひみつ》の箱です。ぼくは、それを、この部屋からさがしだしたいと思っているのです。*箱根細工《はこねざいく》の秘密箱《ひみつばこ》のようなものが、この部屋にあるにちがいないのです。」

いよいよ、へんなことをいいます。

「え、この部屋に？　ここには、ベッドと机《つくえ》のほかには、なにもありません。戸棚《とだな》がありますが、ごらんください、中には、がらくたばかりです。」

木村助手《きむらじょしゅ》が、その戸棚の戸をひらいてみせました。

「いや、そんな、すぐにわかるような場所《ばしょ》ではありません。箱根細工です。その箱はとんでもないところに、かくしてあるのです。お見せしましょう。ここですよ。」

明智探偵は、つかつかとベッドのそばへ近よりました。そして、いきなりベッドカバーをめくり、毛布《もうふ》をめくり、敷布団《しきぶとん》まで、はねのけてしまいました。

「あっ、なにをなさるのです。それはぼくの寝《ね》ているベッドです。なにもあやしいことは

＊ 箱根でつくられる寄せ木、組み木などの細工もの

ありません。」

木村助手《きむらじょしゅ》が、おどろいて、明智《あけち》の手をとめようとしました。

「ところが、このベッドに秘密《ひみつ》があるのです。きみは知らなかったかもしれないが、これが、箱根細工《はこねざいく》の秘密箱《ひみつばこ》ですよ。」

明智探偵《あけちたんてい》は布団《ふとん》をみんなはねのけてしまって、そこにあらわれた板《いた》のようなものをグッと持ちあげました。すると、その板がふたになっていて、下に大きな箱のような空洞《くうどう》があることがわかりました。つまり、クッションの中に、大きな箱がつくりつけてあったのです。

その長さ一メートル二十センチもある箱の中に、みょうなものがはいっていたのを、明智探偵がとりだして、みんなの前にひろげました。

「あっ、電人M《でんじんエム》だっ！」

小林少年《こばやししょうねん》が、叫《さけ》びました。

そうです。それは電人Mのぬけがらだったのです。セミのぬけがらのように、電人Mの外側《そとがわ》だけが、そこにまるめてあったのです。プラスチックの大きな顔《かお》、黒くてうすい鉄《てつ》でできたロボットの着物《きもの》のようなもの。やっぱりそうでした。これを人間が着《き》て、ロボットにばけていたのです。それが木村助手のベッドの中からあらわれたのは、いったい、どういう意味《いみ》なのでしょうか。

みんながあっけにとられていると、ちょうどそのとき、コツコツと、ドアにノックの音が聞こえました。

ドアの近くに立っていた遠藤博士《えんどうはくし》が、ドアをひらきますと、外に三人の背広姿《せびろすがた》の人が立っていました。

「あ、中村君《なかむらくん》、いいところにきてくれた。いま、秘密《ひみつ》をひとつ発見《はっけん》したところだよ。」

明智探偵《あけちたんてい》が、にこやかによびかけました。

「おお、明智君《あけちくん》、さっきの電話でやってきた。きみのさしずのとおり、この家の表《おもて》と裏《うら》に、三人ずつ見《み》はりの刑事《けいじ》を立たせてある。ここにいるふたりも、ぼくの課《か》の刑事だ。」

「うん、よくやってくれた。きみたちは、ここにいてくれたまえ。犯人《はんにん》はこの家の中にいるんだ。」

「えっ、この家の中に?」

「うん、いまにわかる。部屋《へや》にはいって、ドアのところに、がんばっていてくれたまえ。」

明智探偵は、中村警部《なかむらけいぶ》たちのために、電人M《でんじんエム》のぬけがらを発見したことを話したあとで、ベッドの箱《はこ》の中においてある、もうひとつのものを、指《ゆび》さしました。

「これはテープレコーダーだ。コードが箱のすみからベッドの下に出ている。そして、床《ゆか》板《いた》のすきまをつたって、むこうの柱《はしら》の横《よこ》から、天井《てんじょう》の空気穴《くうきあな》までつづいている。コードが、

柱《はしら》と壁《かべ》のすきまに、うまくかくしてあるから、ちょっと見たのではわからない。

遠藤《えんどう》さん、さっきぼくが四角な窓《まど》といったのは、この天井《てんじょう》の空気ぬきの穴《あな》ですよ。この部屋《へや》ばかりではありません。研究室《けんきゅうしつ》やあなたの寝室《しんしつ》にも、同じ空気穴《くうきあな》があります。そして、このテープレコーダーのコードは、その両方《りょうほう》の部屋の空気穴の上まで、ひっぱってあるのです。チンピラ別働隊《べつどうたい》のポケット小僧《こぞう》が、けさ、天井裏《てんじょううら》にしのびこんで、すっかりしらべたのですよ。」

「あっ、そうだったのか。じゃ、わたしの寝室で聞こえた声も、研究室で電人M《でんじんエム》と治郎《じろう》があらそっていた声も、このテープレコーダーから出ていたのですね。空気ぬきの穴の上に、スピーカーがしかけてあるのですね。」

博士《はくし》が、すっかりわかったというように、うなずきながらいうのでした。

「そうです。このテープレコーダーに、電人Mの声も治郎君《じろうくん》に似《に》せた声も吹《ふ》きこんであって、それを、つごうのよいときに、回転《かいてん》させたのです。これで密室《みっしつ》の謎《なぞ》が解《と》けました。電人Mと治郎君があらそう声がしていたとき、研究室にだれもいなかったのです。スピーカーの声だけが聞こえていたのです。」

「それじゃ、そのとき治郎は、どこにいたのでしょう?」

「秘密《ひみつ》の箱《はこ》の中ですよ。」

「えっ、それじゃあ、この……」

「そうです。このベッドにしかけた、秘密《ひみつ》の箱《はこ》の中に、いれられていたのです。おそらく、さるぐつわをはめられたうえでね。」

「そうでしたか。そして、さわぎがしずまったあとで、外につれだし、あの自動車《じどうしゃ》に乗《の》せたのですね。しかし、まだわからないことが、いろいろあります。最初《さいしょ》の晩《ばん》、電人《でんじん》M《エム》が階《かい》段《だん》からおりてきたとき、あいつは、たしかに研究室《けんきゅうしつ》のほうへきたのです。この廊下《ろうか》はいきどまりの一本道です。どこも逃《に》げるところはありません。それでいて、あいつは、廊下をもどってこなかった。消《き》えてしまったのです。」

博士《はくし》がいぶかしげにいいました。

「あのとき、電人Mが研究室のほうへいってしばらくすると、この助手部屋《じょしゅべや》から、木村君《きむらくん》が出てきたということですね。あなたがピストルを持って、待ちかまえているところに、電人Mではなくて木村君があらわれたのですね。」

「そうですよ。すると……」

博士はびっくりしたような声をたてました。

そのとき木村助手《きむらじょしゅ》が、サッとドアのほうへかけだしました。そして、待ちかまえていた中村警部《なかむらけいぶ》たちに、だきとめられてしまったのです。

みなさん、木村助手《きむらじょしゅ》はなぜ逃《に》げようとしたのでしょう。彼《かれ》は犯人《はんにん》の仲間《なかま》だったのでしょうか。それとも……。

「木村君《きむらくん》には、あとで話すことがある。しばらくそこに、待っていたまえ。ところで遠藤《えんどう》さんや中村君《なかむらくん》には、もうすこし説明《せつめい》しておきたいことがある。まだ、謎《なぞ》が残《のこ》っているからです。

研究室《けんきゅうしつ》の壁《かべ》や、自動車《じどうしゃ》のヘッドライトにM《エム》という字があらわれた秘密《ひみつ》。これはもうおわかりでしょう。遠藤さんが研究室を出られたときに、中に残っていた木村君がよびとめたのです。部屋《へや》にもどってみると、壁にMの字が大きくあらわれていました。ね、おわかりでしょう。あれを書いたのは木村君でした。黒のクレヨンで、大いそぎで書きなぐったのです。

自動車のヘッドライトのMの字は、遠藤さんが会の帰りに、お友だちを、そのうちまでお送《おく》りになった。そのとき、自動車がとまっているすきに、ガラスにあの字を書いたのです。友だちをお送りになることは、前もってわかっていたので、たぶん木村君が先まわりをして、待っていたのですね。夜のことですから、運転手《うんてんしゅ》にも気づかれないように、地面《じめん》をはっていって、あれを書いたのでしょう。」

木村助手《きむらじょしゅ》の正体《しょうたい》

明智探偵《あけちたんてい》は、話をつづけます。

「電人M《でんじんエム》の秘密《ひみつ》が、もう二つ残《のこ》っています。その一つは、いつかの晩《ばん》、電人Mがおたくの階段《かいだん》をおりて、研究室《けんきゅうしつ》のほうへいったまま、消《き》えてしまったことです。その廊下《ろうか》はいきどまりになっていて、研究室と、この木村君《きむらくん》の部屋《へや》があるばかりですが、両方《りょうほう》とも、窓《まど》には鉄格子《てつごうし》がはまっているから、ぜったいに、逃《に》げだすことはできません。それなのに、あの大きなずうたいの電人Mが煙《けむり》のように消えてしまったのです。

遠藤《えんどう》さんはピストルを持って、階段の下の廊下に、待ちかまえていました。すると、廊下のおくのほうから、この木村君が出てきたのです。

わかりますか。電人Mは研究室ではなくて、木村君の部屋にとびこんだのです。そして、電人Mの変装《へんそう》をぬいで、それをこのベッドの秘密の箱《はこ》の中にかくし、いそいで廊下の遠藤さんのほうへ、もどっていったのです。」

それを聞くと、遠藤博士《えんどうはくし》は、ふしぎそうな顔《かお》でたずねました。

「あのとき、出てきたのはこの木村君でした。それじゃ、木村君が電人Mにばけていたの

ですか。」

「そうです。この男が電人M《でんじんエム》なのです。こいつは、あなたの発明《はつめい》をぬすもうとして、助手《じょしゅ》になって住みこんだのですが、あなたがどうしても秘密《ひみつ》をうちあけないので、治郎君《じろうくん》をどこかにかくして、治郎君とひきかえに、あなたの発明の秘密を手に入れようとしたのです。」

博士《はくし》はいよいよ、ふしぎそうな顔《かお》をして、

「しかし、おかしいですね。木村君《きむらくん》は、いつかの晩《ばん》、電人Mのために、神社《じんじゃ》の森の中につれこまれて、おどかされたことがあるのです。木村君が電人Mだとすると、あの事件《じけん》の説《せつ》明《めい》ができないじゃありませんか。」

「その事件は、木村君が自分で話したのでしょう。あなたは見たわけではありません。だれも見たものはないのです。話だけなら、どんな作り話だってできますよ。」

「ふーん、そうだったのか。あの話はみんなうそだったのか。」

博士は、感心《かんしん》したように、そこに立っている木村助手《きむらじょしゅ》の顔を見つめました。

木村助手は、まだ二十五、六の青年です。それに、あまり利口《りこう》そうでもありません。こんな青年があの恐《おそ》ろしい電人Mだなんて、思いもおよばないことでした。

「木村君は貧乏《びんぼう》ですよ。電人Mのあの金のかかる変装《へんそう》を、どうしてつくらせることができたのでしょう。」

「貧乏《びんぼう》ではありません。こいつはたいへんな金持ちですよ。」

「えっ、この木村君《きむらくん》がですか。」

「そうです。見たところ、青年のような顔《かお》をしていますが、じつはもっと年とっているのです。この顔は、にせの顔です。」

明智探偵《あけちたんてい》が、わけのわからないことをいいました。そして木村助手《きむらじょしゅ》をにらみつけながら、

「おい、木村君、ぼくは、きみがなにものだか知っているんだ。もう正体《しょうたい》をあらわしたらどうだ。」

と、はげしい声でいいました。すると、いきなり、

「ワハハハハハ……。」

という、恐《おそ》ろしい笑《わら》い声《ごえ》が、部屋《へや》じゅうにひびきわたりました。みんなが、びっくりして、そのほうを見ますと、ぶきみに笑っているのは、木村助手でした。

彼《かれ》は、笑いながら、壁《かべ》のほうをむいて、両手《りょうて》で顔をいじくっていましたが、ひょいと、こちらをむいたのを見ると、みんなは、アッとおどろきました。

いままでの木村助手が消《き》えてしまって、まったくべつの人間が、そこに立っていたからです。

「ワハハハハ……。明智君《あけちくん》、しばらくだったなあ。きみは、あいかわらずすごい腕《うで》まえだ。

だが、おれは、まだ負《ま》けたんじゃないぞ。」

その男は三十五、六に見えました。おとなしそうな木村助手《きむらじょしゅ》とは、うって変《か》わって、ものすごい顔《かお》をしています。

遠藤博士《えんどうはくし》は、まるで夢《ゆめ》でも見ているような気がしました。ちょっと、壁《かべ》のほうをむいていたかとおもうと、木村助手の顔が、恐《おそ》ろしい悪人《あくにん》に変わってしまったのです。中村警部《なかむらけいぶ》や刑事《けいじ》たちも、びっくりしていました。

「電人《でんじん》M《エム》とは、奇抜《きばつ》なものを考えだしたね。え、二十面相君《めんそうくん》。」

明智探偵《あけちたんてい》は、ニコニコ笑《わら》っています。

ああ、二十面相! 電人Mにばけた木村助手の正体《しょうたい》は、あの恐ろしい二十面相だったのです。二十の顔を持つという変装《へんそう》の名人のことですから、二十五、六の青年から、三十五、六の男に早変《はやが》わりするのは、なんでもないことです。壁のほうをむいているうちに、顔の化粧《けしょう》を落《お》としたのでしょう。

「やっぱりそうだったか。きさま、二十面相だなっ。もう、こんどは、逃《に》がさんぞ。」

中村警部が、どなりつけました。

「中村君《なかむらくん》、きみともしばらくだったねえ。元気でけっこうだ。いや、心配《しんぱい》しなくてもいい。おとなしく、きみにつれられていくよ。さあ、手錠《てじょう》をかけたまえ。しかし、おれは、まだ、

負《ま》けたんじゃないぞ。おれの知恵《ちえ》には、おく底《そこ》がないからなあ。ハハハハ……。」

「負《ま》けおしみをいうな。こんどこそは、うんと、あぶらをしぼってやるぞ。」

中村警部《なかむらけいぶ》が、そういって、目くばせしますと、刑事《けいじ》のひとりが進《すす》み出て、二十面相《めんそう》の両《りょう》手《て》に、パチンと手錠《てじょう》をかけてしまいました。

「ハハハ……、これでもう、おれは逃《に》げられない。安心《あんしん》したまえ。ところで、明智君《あけちくん》、きみは、まだひとつ、説明《せつめい》しなかったことがあるね。ほら、あのガレージの秘密《ひみつ》さ。きみは、あの謎《なぞ》が、解《と》けたのかね。」

二十面相は、ふてぶてしく、たずねるのです。

「まだしらべていない。しかし、ガレージにいってみれば、すぐわかるだろう。きみとの知恵くらべには、負けないつもりだよ。」

明智探偵《あけちたんてい》もニコニコして、やりかえしました。

「よろしい。それじゃ、おれもガレージにいこう。おれの目の前で、あの秘密を解いてみたまえ。」

いよいよかってなことをいいます。

それを聞くと、中村警部は顔《かお》をしかめました。

「それよりも、遠藤治郎君《えんどうじろうくん》を助《たす》けださなければならない。治郎君はどこにいるんだ。」

「それは、あのガレージと関係《かんけい》がある。だから、おれをガレージにつれていかなければ、治郎君《じろうくん》をかえすことはできないよ。」

「それじゃあ、治郎君は、そのガレージのどこかに、かくしてあるのか。」

「それは、どうかわからない。たぶん明智君《あけちくん》が、よく知っているだろうよ。さあ、明智君、いってみよう。」

なんだか、へんなことになってしまいました。二十面相《めんそう》はガレージにいって、明智と知《ち》恵《え》くらべをしようというのです。罪人《ざいにん》のいうままになるなんて、ためしのないことです。しかし、そうしなければ、治郎君のかくし場所《ばしょ》をおしえないというのですから、しかたがありません。中村警部《なかむらけいぶ》は、しぶしぶ承知《しょうち》をしました。

明智探偵《あけちたんてい》は、まだそのガレージを見たこともありません。これから、そこへいって、すぐに秘密《ひみつ》を見やぶろうというのです。はたして、そんなことができるのでしょうか。

ガレージの秘密《ひみつ》

もうとっくに、お昼を過《す》ぎていましたので、みんなが食事《しょくじ》をしてから、四台の自動車《じどうしゃ》をつらねて、練馬区《ねりまく》の桜井《さくらい》さんのガレージにいくことになりました。二十面相にも、手錠《てじょう》を

はずして食事《しょくじ》をさせ、裏表《うらおもて》の見はりに立っていた六人の刑事《けいじ》たちにも、弁当《べんとう》をだしたのです。

いちばん先の車には、明智探偵《あけちたんてい》と小林少年《こばやししょうねん》と遠藤博士《えんどうはくし》、二ばんめには、刑事が三人、三ばんめには、中村警部《なかむらけいぶ》とふたりの刑事にかこまれて二十面相《めんそう》が、四ばんめには、残《のこ》りの刑事三人、という順序《じゅんじょ》です。これだけ用心をしていれば、いくら二十面相でも、逃《に》げることはできないはずです。

やがて、桜井《さくらい》さんのガレージの前につきました。さびしい町です。そのへんは、いけがきにかこまれた、広い庭《にわ》の家が多く、木が青々としげって、シーンとしずまりかえっています。人通りも、めったにありません。

そこで、みんな車からおりて、八人の刑事は、手錠《てじょう》をはめた二十面相のまわりを、ぐるっととりかこみました。

小林少年《こばやししょうねん》の案内《あんない》で、明智探偵と中村警部が、桜井さんの家にはいっていって、ガレージをしらべさせてもらいたいと話しました。

桜井さんは、ガレージの秘密《ひみつ》がわからないので、困《こま》っていたところですから、すぐに承知《しょうち》をしました。そして、自分も運転手《うんてんしゅ》をつれて、表に出てきました。

運転手がガレージのとびらをひらきますと、あの青い自動車《じどうしゃ》が、ちゃんとおさまってい

ました。

明智探偵《あけちたんてい》はひとりで、ガレージの中にはいって、なにかしらべていましたが、しばらくすると、ニコニコして出てきました。

「それじゃ、ひとつ実験《じっけん》をしてみましょう。きみ、この自動車《じどうしゃ》を、外にだしてくれませんか。そして、ぼくの自動車を入れてみることにします。」

明智探偵のことばにしたがって、桜井《さくらい》さんの運転手《うんてんしゅ》が、青い車に乗《の》って、それをガレージの外にだしました。

「みなさん、どんなことがおこるか、よく見ててください。」

明智探偵はそういって、小林少年《こばやししょうねん》とふたりで、アケチ一号《ごう》の自動車に乗ると、しずかにガレージの中に車を乗りいれました。

「ガレージの戸をしめてください。そして、中でクラクションを鳴らすまで、あけないように。」

明智探偵がガレージの中の車の窓《まど》から、首をだしてどなりました。桜井さんの運転手が、とびらをぴったりしめました。

さあ、なにがおこるのでしょう。みんなは、ガレージのとびらを見つめたまま、しずまりかえっていました。

十分《ぷん》もたったでしょうか、中からクラクションの音が聞こえました。運転手《うんてんしゅ》が大いそぎで、とびらをひらきました。

アケチ一号《ごう》はもとのままです。

「みなさん、中にはいって、しらべてください。」

車の中から、小林少年《こばやししょうねん》が叫《さけ》んでいます。

中村警部《なかむらけいぶ》、遠藤博士《えんどうはくし》、桜井《さくらい》さんの三人が、中にはいっていきました。

「おやっ、明智君《あけちくん》はどうしたのだ。」

中村警部が、おどろいてたずねました。

「先生は消《き》えてしまったんです。」

「ほんとうか。いったい、どうしたんだ。」

それから中村警部は、車体の下や、シートの下や、うしろのトランクの中など、あやしいところは残《のこ》らずしらべましたが、明智探偵《あけちたんてい》の姿《すがた》は、どこにもありません。ガレージの壁《かべ》や、床《ゆか》の鉄板《てっぱん》をたたきまわってみましたが、どこにも、かくし戸はありません。

「ふしぎだなあ。小林君《こばやしくん》、きみにはわかっているんだろう。はやく種《たね》あかしをしたまえ。」

中村警部がいいますと、小林少年は、

「それじゃあ、種《たね》あかしをしますから、みなさん車に乗《の》ってください。そして、外から、ガレージの戸をしめさせてください。」

といいますので、警部《けいぶ》と博士《はくし》と桜井《さくらい》さんは、外から戸をしめさせておいて、車に乗りこみました。

すると、小林君《こばやしくん》は、一度《ど》車から出て、ガレージのすみにうずくまって、なにかやっていましたが、カチッと、音がしたかとおもうと、どこからか、かすかにモーターのうなりのようなひびきが、聞こえてきました。

「おやっ、この車は、下へ沈《しず》んでいくじゃないか。」

エレベーターがおりるように、自動車《じどうしゃ》が下へさがっていくのです。床《ゆか》の鉄板《てっぱん》も、いっしょにさがっていくのです。

グングンさがっていきます。ガレージの天井《てんじょう》と自動車のあいだが、みるみる、へだたっていくのです。

やがて、ガレージの下には、ガレージよりも広い、コンクリートの部屋《へや》があることがわかってきました。

右手のほうが、いちばん広くなっています。そこに明智探偵《あけちたんてい》のニコニコした顔《かお》があらわれ、首から胸《むね》、腹《はら》から腰《こし》と、だんだん全身《ぜんしん》が見えてきました。ガレージの天井には電灯《でんとう》が

ついているので、その光が、ここまでとどくのです。

「おお、明智君《あけちくん》。ここにいたのか。それにしても、なんという大じかけだ。ガレージの床《ゆか》全体《ぜんたい》が、モーターで、あがったりさがったりするんだね。桜井《さくらい》さん、あなたは、このしかけをごぞんじなかったのですか。」

中村警部《なかむらけいぶ》がたずねますと、桜井さんは、目をまんまるにして答えました。

「いや、知るもんですか。わたしは、この家を前の持ち主《もぬし》から、ガレージつきで買ったのですよ。こんなしかけをしたのは、前の持ち主でしょうか。」

「前の持ち主というのが、じつは二十面相《めんそう》か、彼《かれ》の部下《ぶか》だったかもしれませんよ。そして、なにくわぬ顔《かお》であなたに売りつけ、いざというときに、このガレージをかくれ場所《ばしょ》にするつもりだったのでしょう。」

明智探偵《あけちたんてい》がいいました。

「で、治郎《じろう》は……治郎はどこにいます。」

遠藤博士《えんどうはくし》が、待ちきれないで、車のドアをひらきながら、あわただしくたずねました。

「ぼくも治郎君《じろうくん》はここにかくされているのではないかと、疑《うたが》ったのです。しかし、ここにはいません。ここは、からっぽです。ただ、このすみに、こんなものがおいてあったばかりです。」

明智探偵《あけちたんてい》の指《ゆび》さすところに、大きなまるいガラスのようなものが見えました。そのそばに、うすい鉄《てつ》のよろいのようなものが、まるまっています。

「あっ、さっき木村《きむら》のベッドの秘密箱《ひみつばこ》の中にあったのと同じものだ。電人M《でんじんエム》の変装衣装《へんそういしょう》だなっ。」

中村警部《なかむらけいぶ》が叫《さけ》びました。

「そうだよ。あいつは、方々《ほうぼう》にこれを用意《ようい》しておくのだ。いつでもつかえるようにね。」

「それにしても、どうして、この鉄板《てっぱん》の床《ゆか》をあげさげするんだ。どっかに、スイッチでもあるのかね。」

「鉄板には鉄のびょうが打《う》ってある。そのひとつが、スイッチがわりになっているのさ。たくさんのびょうの中から、そいつをさがすのに、ちょっと骨《ほね》がおれたがね。」

「ふん、それで、さっき小林君《こばやしくん》が、すみっこにしゃがんで、なにかやっていたんだね。すると、きのう、電人Mのやつが治郎君《じろうくん》をさらったときには……」

「そうだよ。一度自動車《どじどうしゃ》をさげて、治郎君といっしょに、この地下室《ちかしつ》にかくれ、からの自動車を上にあげておいたのさ。いくらしらべてもわからないので、みんなが帰ってしまう。それを見すまして、もう一度、床をさげたり、あげたりして、上にあがり、人通りのないときに、ガレージの戸をあけて、どっかへ逃《に》げてしまったのさ。電人Mの姿《すがた》では、人目に

つくので、変装衣装《へんそういしょう》は、ここにぬぎすてていったというわけだよ。」

これでガレージの秘密《ひみつ》は、すっかりわかりましたので、みんなは、鉄板《てっぱん》の床《ゆか》を上にあげて、ガレージの外に出ました。

明智探偵《あけちたんてい》は、八人の刑事《けいじ》にかこまれている二十面相《めんそう》に近づいて、声をかけました。

「二十面相君《めんそうくん》、どうだね、きみもそこから見ていてわかっただろう。ガレージの秘密は、すっかりばれてしまったよ。この勝負《しょうぶ》は、ぼくが勝《か》ったようだね。」

「うん、さすがは明智先生《あけちせんせい》だ。感心《かんしん》したよ。このガレージは、おれが、ずいぶん金をかけて、つくっておいたものだ。それを桜井《さくらい》さんに買ってもらったが、ガレージの秘密までは、おしえなかったというわけさ。」

「二十面相のやりそうなことだ。きみは世間《せけん》をおどろかすためには、おしげもなく金をつかう男だからね。ところで、約束《やくそく》だよ。さあ、治郎君《じろうくん》のいるところを、白状《はくじょう》したまえ。」

すると、二十面相が、みょうなことをいいました。

「きみは、それがわからないのかね。ほんとうにわからないのかね。」

「残念《ざんねん》ながら、わからないよ。」

そのとき、二十面相がニヤリと笑《わら》いました。いや、それればかりではありません。明智探偵のほうでも、相手《あいて》に見られないように、顔《かお》を横《よこ》にむけて、ニヤリと笑ったのです。

なんだか、へんです。これはいったい、どういうわけなのでしょうか。

「さあ、治郎《じろう》のありかをいってください。ここにくれば、きっというと、約束《やくそく》したじゃないか。」

遠藤博士《えんどうはくし》が、たのむようにいいました。長いあいだ自分の助手《じょしゅ》をつとめていた木村《きむら》が、この恐《おそ》ろしい怪人《かいじん》二十面相《めんそう》だったかと思うと、なんともいえない、へんな気持ちです。

二十面相は、それには答えないで、だまって、空を見あげています。なにを考えているのでしょう。そうして、たっぷり五分間ほども、だまりこんでいました。

だれも、ものをいうものはありません。おおぜいの人が、みんな、人形《にんぎょう》にでもなってしまったように、シーンとしずまりかえって、身動《みうご》きもしないのです。

そのふしぎなしずけさをやぶったのは、明智探偵《あけちたんてい》の声でした。

「二十面相君《めんそうくん》、なぜだまっているんだ。なにを考えているんだ。」

「おくの手だよ。」

二十面相が、ぽつんと答えました。

「えっ、おくの手？」

明智探偵がびっくりしたように、聞きかえしました。

さすがの名探偵《めいたんてい》も、そこまでは考えていなかったらしく、さっと、顔色《かおいろ》が変《か》わりました。

黒い怪鳥《かいちょう》

二十面相《めんそう》は明智探偵《あけちたんてい》がたじろぐのを見て、ニヤリと笑《わら》いながら、いいはなちました。

「二十面相の、おくの手を知らないのか。おれにはどんなときだって、おくの手が用意《ようい》してあるんだ。おれはまだ、きみたちに、つかまったわけじゃないぞ。」

総勢《そうぜい》十二人にかこまれて、手錠《てじょう》をはめられて、まだつかまらないとは、いったい、どうしたわけでしょう。

「見たまえ、あれだっ。」

二十面相は、はるか遠くの空を見あげました。

その空に、黒い点のようなものが見えました。それが恐《おそ》ろしい速《はや》さでこちらに近づいてくるのです。

黒い鳥です。カラスや、トンビではありません。もっと恐ろしい姿《すがた》の鳥です。タカでしょうか。ワシでしょうか。しかし、東京《とうきょう》の空に、タカやワシがとんでいるはずはありません。

みんなは、その怪鳥《かいちょう》を、じっと見あげていました。みるみる大きくなってきます。タカ

やワシよりも、もっと、ずっと大きな鳥です。なにか恐《おそ》ろしいことの、まえぶれのような、黒い、でっかい、おばけ鳥です。

もう、みんなの頭《あたま》の上まで、せまってきました。

ブルルン、ブルルン、ブルルン、ブルルン……と、耳が聞こえなくなるような、はげしい音。大きな羽《はね》で、地面《じめん》が暗《くら》いかげになり、つむじ風がまきおこりました。

「あっ」と叫《さけ》んで、みんなはおもわず、地面にしゃがみ、からだをまるくして、これを防《ふせ》ぎました。

そのときです。怪鳥《かいちょう》の二本の黒い足がスーッとのびて、そこにつっ立っていた二十面相《めんそう》のからだをだきあげると、ワシが子どもをさらうように、そのまま、空高く、舞《ま》いあがっていくのです。

「ワハハハハ……、どうだ、おれのおくの手がわかったか。ワハハハハ……」

はげしい怪鳥の羽音《はおと》に消《け》されながら、二十面相の笑《わら》い声《ごえ》が、かすかに、ひびいてきました。

怪鳥の姿《すがた》は、だんだん小さくなり、しばらくのあいだ、黒い点のように見えていました。やがてそれも消《き》えて、どことも知れず、とびさってしまったのです。

みんなは、ぼんやりと、空を見あげて、つっ立っていました。あまりのことに、ものを

いう力もなくなっていたのです。

「明智君《あけちくん》、あれは、いったいなんだね。あんな恐《おそ》ろしい鳥がいるはずはないが。」

中村警部《なかむらけいぶ》が、まだ空を見つめている明智探偵《あけちたんてい》にたずねました。

「ヘリコプターだよ。」

「えっ、ヘリコプターだって?」

「ぼくの油断《ゆだん》だった。あいつは、前から、ヘリコプター*のしかけで、空をとぶ道具《どうぐ》を持っていたのだ。そのプロペラの下に、あんな鳥のからだと羽《はね》を、とりつけたんだよ。中にはあいつの部下《ぶか》がはいっていて、両手《りょうて》を鳥の足のように見せかけ、その手であいつをだきあげたんだ。

もう一つ、わすれていたことがある。二十面相《めんそう》は手錠《てじょう》ぬけの名人だ。ほら、そこに手錠が落《お》ちている。」

明智探偵の指《ゆび》さす地面《じめん》に、銀色《ぎんいろ》の手錠が、ひらいたまま落ちていました。

「鳥が舞《ま》いおりたときに、手錠をはずしたんだ。そして、自由《じゆう》になった手で、鳥の腹《はら》についている輪《わ》になったベルトに、手と足を入れて、落ちないように、からだをささえたんだよ。

空から、すけだちがとんでこようとは、ぼくも気がつかなかった。二十面相の部下が、

＊第9巻『宇宙怪人』、第19巻『夜光人間』、第22巻『仮面の恐怖王』などでの事件

どこかにかくれて、遠藤《えんどう》さんの家を出るのを、見ていたにちがいない。そして、あとをつけて、電話で連絡《れんらく》して、あの鳥のヘリコプターを、とばさせたのだ。あいつのおくの手は、いつでも、とんでもない方角《ほうがく》からやってくる。」

「で、ぼくらは、また、あいつに、してやられたというわけだね。」

中村警部《なかむらけいぶ》が、にが笑《わら》いをしました。

「いや、ぼくらが負《ま》けたわけじゃないよ。」

「えっ、それはどういう意味《いみ》だね。」

「あいつに、おくの手があれば、ぼくのほうにも、おくの手があるということさ。」

「えっ、このうえに、まだおくの手があるのか。それは、いったい……。」

「まあ、ぼくにまかせておきたまえ。ぼくはきっと、あいつの住《す》み家《か》を、つきとめてみせる。そこへいく道がわかったのだよ。

それには、チンピラ別働隊《べつどうたい》の、からだの小さい子どもがいい。小林君《こばやしくん》、ポケット小僧《こぞう》がいいよ。あの子なら、きっとやれる。」

「ええ、ポケット君なら、だいじょうぶです。*カバンの中にかくれて、奇面城《きめんじょう》にのりこんだくらいですからね。」

小林少年《こばやししょうねん》が、ニコニコして答えました。

＊第18巻『奇面城の秘密』での事件

二十面相《めんそう》の住《す》み家《か》へいく道というのは、どんな道なのでしょう。そして、ポケット小僧《こぞう》は、どんな働《はたら》きをすることになるのでしょう。

赤と青

お話はもとにもどって、こちらは二十面相にかどわかされた、遠藤治郎少年《えんどうじろうしょうねん》です。麻酔薬《ますいやく》をかがされた治郎君は、知らぬまに、自動車《じどうしゃ》からおろされ、長い道を、どことも知れず、はこばれていきました。

どれだけねむったのか、ふと目がさめると、ベッドの上に横《よこ》たわっていました。窓《まど》の一つもないみょうな部屋《へや》です。

治郎君《じろうくん》が目をさますのを、待ちかまえていたように、ひとりのあらくれ男が、パンと牛乳《ぎゅうにゅう》をのせたぼんを持って、はいってきました。

「さあ、これをたべな。ひもじい思いはさせないよ。だいじなお客《きゃく》さんだからね。そのうちにおもしろいものを見せてやるよ。まあ、ゆっくり休んでいるがいい。」

窓がないので、昼か夜かわかりませんが、あとで考えてみると、それは電人《でんじん》M《エム》にかどわかされたあくる日の、お昼ごろでした。

治郎君《じろうくん》は、おなかがすいたので、パンと牛乳《ぎゅうにゅう》をすっかりたいらげました。

そして、ベッドにこしかけて、どうすれば逃《に》げだせるだろうかと、考えているうちに、時間がたって、また食事《しょくじ》がはこばれてきました。パンとビフテキのごちそうです。治郎君は、これもきれいにたべてしまいました。

しばらくすると、さっきの男が、手に黒いきれを持って、はいってきました。

「さあ、いよいよ、おもしろいものを見せてやるよ。そこへいくまで、これで、目かくしをするんだ。」

と、いいながら、黒いきれで、治郎君に目かくしをしました。

そして、男に手をひかれて、廊下《ろうか》のようなところを、グルグルまわって、みょうな部屋《へや》につれこまれ、

「ここで待っているんだ。」

と、目かくしをはずされて、冷《つめ》たいコンクリートの床《ゆか》の上に、つきたおされました。

目かくしがなくなっても、目の前はまっ暗《くら》でした。真《しん》の闇《やみ》です。むろん家の中でしょうが、どうしてこんなに暗いのか、わかりません。ここも、きっと、窓《まど》がないのでしょう。ひょっとしたら、地下室《ちかしつ》かもしれません。

つきたおされたまま、横《よこ》になって、じっとしていましたが、いつまでたっても、目の前

はまっ暗《くら》です。

そのとき、とつぜん、パッとあたりがまっ赤《か》になりました。血《ち》のような、きみの悪《わる》い色です。自分のからだを見ると、血まみれになったように赤いのです。

電灯《でんとう》は見えません。方々《ほうぼう》に、赤いかくし電球《でんきゅう》がついているのでしょう。

すると、あっと思う間に、まっ暗になってしまいました。

一分《ぷん》ほどすると、こんどは、まっ青《さお》な光です。あたり一面《いちめん》、海の底《そこ》のような青い色に包《つつ》まれました。それが、ずうっとむこうまでつづいています。なんという広さでしょう。こんな広い部屋《へや》って、あるものでしょうか。

その青い色も、パッと消《き》えて、また、もとの暗闇《くらやみ》です。

こんどは、なかなか、明るくなりません。闇が、何百メートルもむこうまで、つづいているような、恐《おそ》ろしい暗さです。

十分《ぷん》ほど、じっと、闇の中に横《よこ》になっていました。逃《に》げだそうにも、逃げ道がわからないのです。

すると、闇の中に、ポツンと二つの青いものがあらわれました。目のようです。動物《どうぶつ》の目でしょうか。

その近くの闇の中に、また、二つの青い光があらわれました。

おやっと思う間に、その青いものの数が、どんどんふえていきます。やがて、かぞえきれないほど、たくさんになりました。何百ぴきというホタルが、木の葉《は》の上をはいまわっているようです。その青い光は、みんなノロノロと動《うご》いているのです。

そのうちのいくつかが、だんだん、こちらへ近づいてきました。えたいの知れない動物《どうぶつ》が、えものをめがけて、しのびよってくる感《かん》じです。

治郎君《じろうくん》は、恐《おそ》ろしくなって、逃《に》げようとしました。そして、両手《りょうて》をついて、おきあがったとき、へんなものが手にさわりました。なんだか、グニャグニャした、ゴムのようなものです。それが、手先から、だんだん、肩《かた》のほうへのぼってくるのです。

ギョッとして、ふりはらおうとしましたが、そいつは、ねばっこく、まといついてはなれません。肩から首のほうへ、そして、首にグルッとまきついてしまったではありませんか。

治郎君は、あまりのきみ悪《わる》さに、キャーッと叫《さけ》びました。

すると、そのとき、治郎君の叫び声が、あいずでであったように、あたりがパッと赤くなったのです。あの血《ち》の色の赤さです。その赤い光の中に、なんともいえない恐ろしいものが、グニャグニャとうごめいていました。

人間のおとなぐらいの大きさのタコのようなやつです。人間の二倍《ばい》もあるような、大きなまるい頭《あたま》、髪《かみ》の毛《け》もなんにもなく、全体《ぜんたい》がつるつるしていて、そこに二つのまんまるな

目がひかっています。鼻《はな》らしいものはなくて、とんがった口がとびだしています。足は六本です。それがグニャグニャともつれあって、一本の足が、治郎君《じろうくん》の首に、まきついているのでした。

タコならば、足に吸盤《きゅうばん》がついているはずですが、こいつの足はのっぺらぼうで、なにもついていません。

タコではないのです。タコによく似《に》たおばけです。そいつの恐《おそ》ろしい頭《あたま》が、いまにも治郎君の顔《かお》に、くっつきそうになっています。

「キャーッ。」

治郎君は、また、悲鳴《ひめい》をあげて、逃《に》げだそうともがきました。

すると、目の前をふさいでいた、大きな頭が、横《よこ》に動《うご》いたので、そのうしろが見えたのです。

そこを、ひと目見ると、治郎君は心臓《しんぞう》がのどのへんまで、とびあがってくるような気がしました。

そこには、血《ち》のような光に照《て》らされて、何百というタコ入道《にゅうどう》が、ウヨウヨしているではありませんか。みんな六本の足で立ち上がって、大きな頭をもてあますように、ヨロヨロと、うごめいているのです。

パッと赤い光が消《き》えると、暗闇《くらやみ》の中に、何百ものホタルが、しずかに動《うご》いているようにみえましたが、すぐに、青い光がつきました。こんどは、海の底《そこ》で、もつれあうタコ入道《にゅうどう》です。

そのとき、治郎君《じろうくん》は、ハッと思いだしました。こいつらはタコ入道ではありません。電《でん》人M《じんエム》といっしょに、東京《とうきょう》じゅうをさわがせた、あの火星人《かせいじん》です。治郎君の家の階段《かいだん》を、人Mの肩《かた》にまといついておりてきた、あの怪物《かいぶつ》です。

しかし、どうして、ここに、こんなにたくさんの怪物が、すんでいるのでしょう。いったい、ここはどこなのでしょう。治郎君は、いつのまにか、宇宙《うちゅう》の旅《たび》をして、遠い星の世《せ》界《かい》へきていたのでしょうか。

そのうちに、ギャー、ギャーという、ものすごい音が、重《かさ》なりあって聞こえてきました。タコのばけものが、ないているのです。

火星人のなき声です。

青い光がパッと消えて、赤い光に変《か》わりました。その変わり方が、だんだん速《はや》くなり、青、赤、青、赤と、めまぐるしくいれかわり、その中を、タコのおばけの大群《たいぐん》が、ジリジリと、こちらにおしよせてきました。

治郎君のまわりは、でっかい顔《かお》と、ギョロッとした目玉と、グニャグニャともつれた足

とでいっぱいになり、それが、治郎君《じろうくん》をおしつぶさんばかりに、のしかかってくるのでした。

黒い少年

ちょうどそのころ、桜井《さくらい》さんのガレージのとびらをひらいて、ふたりの少年が、中にしのびこんでいました。

二十面相《めんそう》が、黒い怪鳥《かいちょう》にだかれて、空高くとびさってから、一時間ほどしたころです。少年のひとりは小林君《こばやしくん》でした。もうひとりは、頭《あたま》から足の先まで、まっ黒な、ごく小さい子どもです。

その子どもは、黒いジャンパーに、黒いズボン、黒い運動靴《うんどうぐつ》という、黒ずくめの服装《ふくそう》で、頭からスッポリと黒い覆面《ふくめん》をかぶっています。目のところだけ、くりぬいてあって、クリクリした、かしこそうな目がのぞいているのです。

もう、おわかりでしょう。この小さい黒い少年は、これから冒険《ぼうけん》にでかけようとするポケット小僧《こぞう》なのです。ふたりはガレージにはいると、ピタリととびらをしめてから、小林君はガレージのすみにうずくまって、床《ゆか》の鉄板《てっぱん》に打《う》ってあるびょうを動《うご》かしました。

すると、鉄板《てっぱん》の床全体《ゆかぜんたい》が、桜井《さくらい》さんの自動車《じどうしゃ》を乗《の》せたまま、電気《でんき》じかけで、スーッとさがっていくのです。そして、ガレージの下の、秘密《ひみつ》の部屋《へや》の床までおりますと、黒い少年は、いさましく、鉄板の外にとびだしました。

「ポケット君《くん》、しっかりやってくれよ。こんどは、いままでにない大仕事《おおしごと》だからね。」

「うん、だいじょうぶだよ。きっと、治郎《じろう》さんを、さがしだしてみせるよ。」

「それじゃ、ぬかりなくね。」

「うん、わかったよ。小林《こばやし》さんは、もうあがってもいいよ。」

小林少年《こばやししょうねん》は、ポケット小僧《こぞう》に別《わか》れをつげて、さっきの鉄板のびょうを、ぎゃくに動《うご》かしました。すると、鉄板の床が、エレベーターのように、あがっていくのです。

鉄板があがると、下の部屋には電灯《でんとう》がないので、まっ暗《くら》になりました。黒いポケット小《こ》僧《ぞう》は、懐中電灯《かいちゅうでんとう》をつけて、上のガレージよりも広くなっている側《がわ》の、コンクリートの壁《かべ》を照《て》らしました。

そして、しばらくのあいだ、なにかをさがしていましたが、

「あっ、あれだ。」

と、いいながら、こんどは、ポケットから、小さな銀色《ぎんいろ》の棒《ぼう》をとりだしました。

それをにぎって、サッとふりますと、小さな棒が、一メートル五十センチほどの長い棒

になりました。

それは手品師《てじなし》のつかう魔法《まほう》の杖《つえ》で、写真機《しゃしんき》のあしのように、銀《ぎん》の筒《つつ》がいくつも重《かさ》なりあっていて、ちぢめれば二十センチほどになり、のばせば一メートル五十センチにもなるのです。

これは少年探偵団《しょうねんたんていだん》の七つ道具《どうぐ》とはべつに、小林少年《こばやししょうねん》だけが持っている、便利《べんり》な道具なのですが、ポケット君《くん》は、こんどの冒険《ぼうけん》のために、それを借《か》りてきたのです。

その長い棒《ぼう》で、コンクリートの壁《かべ》の、自分の背《せ》の二倍《ばい》もあるような高いところを、グッと押《お》しました。

そこに、壁と同じコンクリートの、かくしボタンがあって、それが、秘密《ひみつ》の戸をひらく、電気《でんき》じかけのスイッチになっているのです。

グッと押したかとおもうと、そのスイッチの下のコンクリートの壁に、四角なわれめができて、それが、だんだん大きくなっていきます。厚《あつ》さ二十センチもあるコンクリートの壁が、金庫《きんこ》のとびらのように、むこうへグーッとひらいていくのです。そのおくは、まっ暗闇《くらやみ》のトンネルでした。

明智探偵《あけちたんてい》が、中村警部《なかむらけいぶ》に、「こっちにも、おくの手がある」といったのは、ここのことでした。このトンネルが、二十面相《めんそう》のかくれ家《が》に、つづいているのにちがいありません。

明智探偵《あけちたんてい》は、さきほど、ガレージの床下《ゆかした》にかくれたとき、この秘密戸《ひみつど》を見つけたのですが、わざとだれにもいわないでおいて、すばしっこいポケット小僧《こぞう》に、その探検《たんけん》をさせることにしたのです。

ポケット小僧は、トンネルの中にはいりました。裏側《うらがわ》のスイッチをさがすのに、しばらく手間《てま》どりましたが、やがて、それを見つけると、また魔法《まほう》の杖《つえ》で押《お》して、厚《あつ》いかくし戸を、もとのとおりにしめました。

用心のために、懐中電灯《かいちゅうでんとう》を消《け》したので、あたりは真《しん》の闇《やみ》です。その闇の中を、小さな黒い少年が歩いていくのですから、たとえ、二十面相《めんそう》の部下《ぶか》とすれちがっても、めったに気づかれることはないでしょう。

右手でトンネルの壁《かべ》にさわりながら、おくへ、おくへと進《すす》んでいきました。恐《おそ》ろしく長いトンネルです。右にまがり、左にまがり、ときには階段《かいだん》をおりたり、あがったりして、どこまでもつづいているのです。

動《うご》く床《ゆか》

はてしもない長さです。もう、たしかに二百メートルは、歩いたでしょう。しかし、ま

だトンネルはおわらないのです。

こんな長いトンネルを、世間《せけん》に知られないように、よくつくったものだと、いまさら、二十面相《めんそう》の力におどろくばかりです。

五百メートルも歩いたでしょうか。いや、六百メートル、ことによると七百メートルもあったかもしれません。とうとう、いきどまりにつきました。

途中《とちゅう》では、さいわい、だれにも出会いませんでしたが、しかし、たとえ出会っても、ポケット小僧《こぞう》は、だいじょうぶだと思っていました。

黒いシャツ、黒い覆面《ふくめん》、黒いてぶくろ、黒い靴《くつ》で、頭《あたま》から足の先まで、まっ黒なものですから、もし、だれかがきたら、壁《かべ》にぴったり、くっついてしまえばいいのです。暗《くら》いところですから、相手《あいて》は気がつかないで、通りすぎるでしょう。

ポケット小僧は、これまでに、いくども、そうして、相手をごまかしたことがあるのです。

しかし、もうトンネルはおしまいです。前には、コンクリートの壁が立ちふさがっていて、どこへもいけないのです。

でも、ほんとうにいきどまりのはずはありません。どこかに、かくし戸があるにちがいないのです。ポケット小僧は、懐中電灯《かいちゅうでんとう》で、正面《しょうめん》の壁を照《て》らしてみました。

「あっ、あった。あれだっ。」

ちょっと見たのでは、わからないけれども、ガレージの入り口と同じような、かくしボタンがあったのです。

ポケット小僧《こぞう》は、また、さっきの魔法《まほう》の杖《つえ》をとりだして、そのボタンを押《お》すと、コンクリートの壁《かべ》がしずかに動《うご》いて、通り道ができました。

中にはいると、そこはまっ暗《くら》な部屋《へや》でした。なにがいるかわからないので、うっかり懐《かい》中電灯《ちゅうでんとう》はつけられません。壁をつたって、手さぐりで進《すす》んでいきました。

じきに、まがりかどにきました。また、その壁をつたっていきますと、つぎもまがりかどです。そして、また、つぎのかど。また、つぎのかど。かどは八つありました。

「おや、この部屋は、八角形《かくけい》だな。それに、恐《おそ》ろしく広い部屋だ。」

ポケット小僧は、びっくりしてつぶやきました。

なおも、進んでいきますと、まだ、つぎのかどがあります。九つ、十、十一、十二……

いつまでいっても、きりがありません。なんという広い部屋でしょう。

あんまりふしぎなので、ポケット小僧は、チラッと懐中電灯をつけてみました。

「なあんだ、四角な小さな部屋じゃないか。」

おもわず、クスクスと笑《わら》いました。まったくの暗闇《くらやみ》なので、手ざわりで、かどにくるた

びに一角とかんじょうしたので、八角も十角もある、べらぼうに広い部屋《へや》と、かんちがいしてしまったのです。

この部屋には、ドアはついていませんが、コンクリートの壁《かべ》に、四角な線《せん》があらわれていましたので、押《お》してみますと、スーッとむこうへひらきました。

その外は、廊下《ろうか》のようなところでした。どちらへいっていいのかわからないので、ともかく、右のほうへ進《すす》んでいきました。

廊下は、ぐるぐるまがっていて、ところどころに、かくし戸らしいものがついていました。押してみると、あくのもあり、あかないのもあります。あいたときには、中をのぞいて、耳をすましてから、パッと懐中電灯《かいちゅうでんとう》を照《て》らしてみましたが、どの部屋も、みんなからっぽでした。

ところが、ぐるぐるまわって、五つめのかくし戸をひらくと、中のようすがいままでとちがうのです。だれか人間がいるようなけはいがします。

ポケット小僧《こぞう》は、その部屋にしのびこむと、よつんばいになって、ときどき、手を前にのばして、さぐりながら、進んでいきました。

すると、あっ！　なんだか、やわらかいものが手にさわったではありませんか。びっくりして、手をひっこめましたが、どうやら、そこにいるのは人間らしいのです。

しばらく、闇《やみ》の中で、にらみあうようにしていましたが、相手《あいて》は、逃《に》げもしなければ、手むかってくるようすもありません。

ポケット小僧《こぞう》は、思いきって、パッと懐中電灯《かいちゅうでんとう》をつけ、すぐに消《け》しました。しかし、その一瞬間《いっしゅんかん》に、相手をすっかり見てしまったのです。遠藤治郎君《えんどうじろうくん》でした。元気なく、ぐったり横《よこ》たわっているのです。

「ぼく、ポケット小僧だよ。安心《あんしん》しな。いまに、みんなが、きみを助《たす》けにくるからね。ぼくは、ひとりでようすをさぐりにきたのさ。」

それを聞くと、治郎君は安心したようですが、なにもいいません。口をきく元気もないのでしょう。

しばらくすると、やっと、かすかな声でいいました。

「きみ、ここは、おばけ屋敷《やしき》だよ。タコのような火星人《かせいじん》が、うじゃうじゃいるんだ。ぼくは、そいつらにとりまかれて、ひどいめにあった。でも、さっき、みんなどっかへ、消《き》えてしまったがね。」

そして、ぽつぽつと、さきほどの恐《おそ》ろしいありさまを、話して聞かせるのでした。だが、そのうち、なんだか、みょうなことがおこりました。

べつに、自分では動《うご》かないのに、からだが動いているような気がするのです。前のほう

へ、ぐんぐん進《すす》んでいくような気持ちです。

そのとき、どこからか、恐《おそ》ろしい声が、聞こえてきました。低《ひく》いけれども、部屋《へや》じゅうに、ひびきわたるような、へんな声です。

「アハハハ……おどろいたか。きみはいま、動《うご》いているんだぜ。ここでは床《ゆか》が動いて、歩かないでも、どこへでもいけるのだ。きみを、おもしろいところへ、つれていってやる。」

あとでわかったのですが、それは、ベルトコンベヤーを大きくしたようなしかけで、厚《あつ》いリノリウムの床そのものが、動くのです。

部屋の出口のドアのところにくると、そのむこうの床も、同じように動いていて、ふたりは、スーッと、そのほうへ送《おく》りこまれました。

じつは、ポケット小僧《こぞう》の歩いてきた廊下《ろうか》も、同じしかけになっていたのですが、まだ動いていなかったので、気がつかなかったのです。

いつか、*都会《とかい》の道路《どうろ》がこんなふうになるときがくるかもしれません。人間はその動く道の上に、ただ立っていればよいのです。電車も自動車《じどうしゃ》もいりません。その道にさえ乗《の》れば、どこへでもいけるのです。さすがは電人《でんじん》M《エム》です。そのしかけを、はやくも自分の住《す》み家《か》にとりいれていたのです。

ポケット小僧は、用心をしました。どこへつれていかれるのか、わかりませんが、もし

＊国内で最初の動く歩道は一九六二（昭和三十七）年、東京・新宿につくられ、作品が書かれた一九六〇年にはなかった

明るい部屋《へや》に出たら、たちまち見つかってしまいます。見つからないようにしなければなりません。そう思ったので、治郎君《じろうくん》からはなれて、ずっとうしろのほうに、うつぶせになって、床《ゆか》と見分けがつかぬくらい、ひらべったくなっていました。

神《かみ》さまになった電人《でんじん》M《エム》

やがて、ふたりは、ふしぎな機械《きかい》の部屋に、はこびこまれました。

うす暗《ぐら》い部屋ですが、いままでのような暗闇《くらやみ》ではありませんから、あたりのようすが、よくわかります。

大きな機械がならんで、ジーンと腹《はら》にしみこむような音をたてています。

むこうにすえてあるのは、発電機《はつでんき》でしょうか。それがジーンと、まわっているのです。

茶色のせとものの塔《とう》のようながいし*の重《かさ》なったものが、あちらこちらに立っています。

そのがいしとがいしのあいだに、太い電線がはりめぐらされ、ところどころで、パチッ、パチッと青い火花を散《ち》らしています。

ガラス管《かん》が、あちこちにとりつけられ、その管の中を、紫色《むらさきいろ》の火花が、まるでヘビのように、ぐねぐねよじれながら、走っています。

＊電柱などについている電線をとめるせともの。碍子《がいし》

部屋《へや》じゅうに電気がみちわたり、からだがしびれるような気がします。

ポケット小僧《こぞう》は、その部屋にはいるやいなや、パッととびおきて、すばやく、ものかげに身《み》をかくしました。いろいろな機械《きかい》が、いっぱいおいてあるので、かくれ場所《ばしょ》は、どこにでもあるのです。

動《うご》く床《ゆか》がとまったので、治郎君《じろうくん》も立ちあがって、ふしぎな電気の部屋を、ぼんやり見まわしていました。

そのとき、むこうのドアがひらいて、あの恐《おそ》ろしい電人《でんじん》M《エム》が、姿《すがた》をあらわしました。

「治郎君、こわがらなくてもいい。きみをどうしようというのではない。ただ、きみには、しばらく、ここにいてもらわなければならないから、退屈《たいくつ》しないように、おもしろいものを見せてやるのだ。」

電人Mは、歯車《はぐるま》のきしるような声で、ゆっくりとものをいいました。

「これは、おれの発明《はつめい》した電気の部屋だ。電気の力で、どんなことでもできる。人間や動《どう》物《ぶつ》を、電気でとかすこともできる。また、人間や動物を電気で生みだすこともできる。おれは動物をいくらでも、つくりだすのだ。

きみはさっき、恐《おそ》ろしくたくさんの火星人《かせいじん》を見ただろう。あれは、みんなおれがつくりだしたものだ。これまで、生《い》き物《もの》をつくるのは、神《かみ》さまばかりだといわれていた。ところ

がどうだ、おれは、その生《い》き物《もの》をつくるんだよ。だから、おれは神《かみ》さまなのだ。

では、まず、人間をとかすほうから見せてやろう。」

電人M《でんじんエム》はそういって、なにかあいずをすると、電人Mの部下《ぶか》らしい、ジャンパーを着《き》た、ひとりの青年が、はいってきました。

「これから、おまえをとかすのだ。この治郎君《じろうくん》に見せてやるのだよ。心配《しんぱい》することはない。あとでまた、生きかえらせてやるからな。」

部屋《へや》のすみに、大きな鉄《てつ》の箱《はこ》のようなものが、立ててありました。そのまん中が、高さ二メートル、幅《はば》六十センチほどの、ガラスばりになっていて、中がよく見えるのです。

部下の青年は、うしろの入り口から、その中にはいって、ガラスのむこうに立ちました。箱の中にしかけた、ぼんやりした光が、青年のからだ全体《ぜんたい》を照《て》らしています。

「さあ、よく見ているんだよ。」

電人Mは、そういって、壁《かべ》にあるスイッチ盤《ばん》の中の一つのスイッチを、カチンといれました。

すると、にわかに、部屋の中が、地震《じしん》のようにゆれはじめ、ガラス管《かん》の中の紫色《むらさきいろ》の火花は、血《ち》のような赤い色に変《か》わり、あちらにも、こちらにも、恐《おそ》ろしい火花が、空中をとびかうのでした。

あるものは太い火の棒《ぼう》となって、あるものは、ほうきのように先がひらいて、あるものは、ねじのように、グルグルまわりながら、白く、青く、黄色く、パチッ、パチッ、パチッと、いなびかりのように火花を散《ち》らすのです。

するとおお、ごらんなさい。ガラスのむこうに立っていた青年のからだが、みるみるとけていくではありませんか。顔《かお》も、胸《むね》も、手も、足も、まるでろうがとけたように、形《かたち》をうしない、あっと思う間に、肉《にく》はすっかりとけさって、あとには、骸骨《がいこつ》だけが残《のこ》ったのです。ガラスのむこうに、骸骨がじっと立っているのです。

「アハハハ……、びっくりしているね。だが安心《あんしん》したまえ、おれは人殺《ひとごろ》しは大きらいだ。あの男は、またもとのように、生かしてやるのだよ。」

電人M《でんじんエム》は、手ばやく、スイッチのいれかえをしました。

すると、部屋《へや》じゅうの電気の火花の色が変《か》わってきました。青はオレンジ色となり、赤はもも色となり、ぜんぶの色が変わって、めまぐるしく、火花を散らすのです。

すると、また、ガラスのむこうに変化《へんか》がおこり、見る間に骸骨に肉がつき、肉が固《かた》まって、たちまち、もとの青年にもどってしまったではありませんか。やがて、青年は箱《はこ》のうしろから出てきて、ニコニコしながら、ちょっと頭《あたま》をさげると、そのまま、外へ出ていってしまいました。

「さあ、こんどは、生みだすほうだ。こっちの機械《きかい》を見るんだよ。」

電人《でんじん》M《エム》はそういって、部屋《へや》のべつのすみへ、歩いていきました。

そこには、新聞社《しんぶんしゃ》の*輪転機《りんてんき》のような、歯車《はぐるま》のいっぱいついた、大きな機械がすえつけてありました。

「これは、生《い》き物《もの》の形《かたち》をつくる機械だ。いまは火星人《かせいじん》の型《かた》がとりつけてあるから、それを見せてあげよう。ここからは火星人の形のものが出てくるだけで、まだ生きてはいない。それに命《いのち》を吹《ふ》きこむのは、あちらの電気の力だ。さあ、動《うご》かすよ。よく見ているんだ。」

電人Mは、またスイッチ盤《ばん》の前に立って、いくつかのスイッチを入れました。

ガラガラと歯車のまわる音、ガチャンと、なにかのぶっつかる音、部屋の中は、にわかに、さわがしくなってきました。

機械の上に、大きな鉄《てつ》のじょうごのようなものがついていて、そこに、べつの鉄の箱《はこ》から、黄色い粉《こな》のようなものが、ザーッと流《なが》れこむ。これが生《い》き物製造《ものせいぞう》の原料《げんりょう》なのでしょう。

その粉が、機械の中をくぐっていくうちに、だんだん形ができ、最後《さいご》に、下のほうの口からはきだされるときには、ちゃんと火星人の姿《すがた》になっているのです。人間ぐらいの大きさの、あのタコのような怪物《かいぶつ》です。

電人Mは、それを両手《りょうて》でだきあげて、治郎君《じろうくん》に見せました。

＊高速印刷機《こうそくいんさつき》のひとつ

「ほら、これはゴムのようなものでできた人形《にんぎょう》だよ。まだ生きちゃいない。いいかね。こんどは、電気の力で、こいつに、息《いき》を吹《ふ》きこむのだ。」

そこに、たくさんの棺《かん》おけのような、茶色の箱が、積《つ》んでありました。金属《きんぞく》ではありません。なにか電気を通さない絶縁体《ぜつえんたい》でできているようです。そして、両方《りょうほう》のはしから、中へ電気を通じるようになっています。

電人《でんじん》M《エム》は、その箱《はこ》を一つおろしてふたをあけ、火星人《かせいじん》の人形をいれると、重《おも》そうにそれをかかえて、がいしの塔《とう》のあいだに横《よこ》たわっている、鉄《てつ》のレールのようなものの上にのせて、箱の両《りょう》はしに、電線《でんせん》を接続《せつぞく》しました。

そして、またスイッチ盤《ばん》です。カチッ、カチッ、カチッと、三つのスイッチが、いれられました。

青や赤や黄色の火花が、いっそう、はげしいいきおいで、とびかっています。部屋《へや》の中で、ひっきりなしに、いなびかりがはためいているのです。

あちらでも、こちらでも、火花のあいだから、シューッ、シューッと、紫色《むらさきいろ》の煙《けむり》が立ちのぼっています。

ガラス管《かん》の中の、ヘビのようにまがりくねった長い火花は、赤から青に、青から紫にと、虹《にじ》のように色を変《か》えています。

治郎君《じろうくん》は、まぶしくて、目をあいていることもできません。おもわず両手《りょうて》を目にあてて、立ちすくんでしまいました。

そして、五分《ふん》もたったでしょうか。いきなり、耳のそばで、電人《でんじん》M《エム》の声がわめきました。

「さあ、見たまえ。命《いのち》を吹《ふ》きこんだぞ。いいか。ふたをあけるよ。」

目をあいてみると、いつのまにか、火花はとばなくなっていました。電人Mがスイッチを切ったのでしょう。

電人Mが、棺《かん》おけのような箱《はこ》に近づいて、そのふたを、パッとひらきました。

すると中から、大きなタコ入道《にゅうどう》が、ムクムクと、頭《あたま》をもたげたではありませんか。さっきのゴムのようなものを、型《かた》にはめてつくった火星人《かせいじん》が、生きて動《うご》きだしたのです。

火星人は六本の足で、箱のふちにつかまり、ニューッと立ち上がると、箱の外へはいだしてきました。

治郎君は、あまりの恐《おそ》ろしさに、「あっ」と叫《さけ》んで、逃《に》げだそうとしました。すると、電人Mが治郎君の肩《かた》をグッと押《お》さえるのです。

「ハハハハ……、なにもしやしないよ。こわがることはない。こらっ、あっちのすみに、いっていろ。」

まるで、犬でもしかるように、火星人を部屋《へや》のすみに、追《お》いやりました。火星人はおと

なしく、いわれるままに、すみにいってうずくまっています。

それからがたいへんでした。電人《でんじん》M《エム》は、つぎつぎと火星人《かせいじん》の型《かた》をつくりだし、それを電《でん》気装置《きそうち》にかけて命《いのち》を吹《ふ》きこみ、一時間ほどのあいだに、十人の生きた火星人を生みだしてしまいました。

十人の火星人は、部屋《へや》のすみに、うじゃうじゃとかたまりあって、ギャー、ギャーと、きみの悪《わる》いなき声をたてています。

「どうだ、おもしろいだろう。おれは電人だ。どんなことだってできるのだ。この機械《きかい》に犬の型《かた》をはめれば、なん匹《びき》だって犬を生むことができる。ウサギでも、サルでも、ヒツジでも、お好《この》みしだいだ。

人間だって、同じことだ。おれは人間をいくらでもつくることができる。おれの部下《ぶか》のうちには、こうしてつくったやつも、たくさんいるんだよ。

だが、きみのおとうさんの発明《はつめい》は恐《おそ》ろしい。おれにもあれだけはぬすめなかった。そこで、きみをかどわかして、人質《ひとじち》にした。そして、こんなおもしろいものを、見せてやっているわけだよ。ハハハハ……。」

電人Mは、さもゆかいそうに、笑《わら》うのでした。

ポケット小僧《こぞう》は、機械のかげにかくれて、さっきからのことを、すっかり、見たり、聞

いたりしました。そして、ほんとうに、たまげてしまいました。二十面相《めんそう》は、これほどの魔力《まりょく》を持っていたのかと、つくづく恐《おそ》ろしくなりました。

しかし、いつまでもこの部屋《へや》にいては、危《あぶ》ないのです。もっと、二十面相の住《す》み家《か》の中を、しらべなければなりません。

ポケット小僧《こぞう》は、電人《でんじん》M《エム》のはいってきたのとは、べつの入り口から、ソッとぬけだしました。

ふしぎな部下《ぶか》たち

ポケット小僧は、うまく機械室《きかいしつ》を逃《に》げだすことができました。

廊下《ろうか》に出てみると、さっきまで、川が流《なが》れるように動《うご》いていたリノリウムの床《ゆか》が、いまは、とまっていました。そのほうがつごうがいいのです。どちらへでもいけるからです。

廊下には、小さな電灯《でんとう》が、ぼんやりと光を投《な》げているだけですが、人目をしのぶポケット小僧には、これも、具合《ぐあい》がいいのでした。

廊下の壁《かべ》をつたうようにして、だんだんおくのほうへ、進《すす》んでいきました。

廊下は、まるで迷路《めいろ》のように、いくつも枝道《えだみち》があり、右に左にまがっていました。歩い

ているとと、いつのまにか、もとのところへ、もどってくるような気がします。さすがのポケット小僧《こぞう》も、道にまよってしまって、長いあいだ、廊下《ろうか》を、いったりきたりしていました。

ハッと気がつくと、うしろのほうに、人のけはいがします。

びっくりして、ぴったり、壁《かべ》にからだをくっつけました。暗《くら》い廊下なので、そうすると、ポケット小僧の小さなからだは、壁と見わけがつかなくなってしまうのです。

その前を、あの大きな電人《でんじん》M《エム》が、足音もたてないで、歩いていきました。二十面相《めんそう》です。機械《きかい》の実験《じっけん》をすませて、治郎君《じろうくん》をどこかにとじこめてから、自分の部屋《へや》へ、帰っていくらしいのです。

ポケット小僧は、壁からはなれて、そっと、そのあとをつけました。

二十面相は、廊下を二つまがったところで、立ちどまりました。

そして、低《ひく》い声で、

「ひらけ、ゴマ。」

と、呪文《じゅもん》のようなことばで、つぶやきました。

「ひらけ、ゴマ」というのは、『アリババ』の童話《どうわ》に出てくる呪文で、それをとなえると、どんな厳重《げんじゅう》なとびらでも、ひとりでに、スーッとひらくというのですが、実際《じっさい》に、そんな

ことができるはずはありません。

ところが、おお、ごらんなさい。二十面相《めんそう》が、その呪文《じゅもん》をとなえると、なにもしないのに、廊下《ろうか》の壁《かべ》が、まるでドアのように、スーッとひらいていくではありませんか。

ポケット小僧《こぞう》は、びっくりしましたが、これはやはり電気じかけなので、「ひらけ、ゴマ」という音波《おんぱ》が、その壁の上にしかけてある、小さなマイクロフォンにつたわると、秘《ひ》密《みつ》のとびらが、ひらくようなしかけになっているのです。

ちょうど、金庫《きんこ》の暗号錠《あんごうじょう》と同じで、「ひらけ、ゴマ」ということばの組み合わせでなくては、ひらかないのです。なんという、安全《あんぜん》で、便利《べんり》な錠《じょう》まえでしょう。

ひらいた壁の中から、まぶしいような白い光がさしてきました。

二十面相が、その中にはいると、とびらはひとりでにしまりました。しかし、そのときには、ポケット小僧は、すばやく、その部屋《へや》にとびこんで、ものかげに身《み》をかくしてしまいました。

見ると、四十平方《へいほう》メートルほどの、広い部屋です。そして部屋じゅうがプラチナのように、きらきらとひかっています。

四方《しほう》の壁は、ぜんぶガラスばりの陳列棚《ちんれつだな》になっていて、そこに、あらゆる美術品《びじゅつひん》が、ならんでいました。中でも、ぴかぴかひかる宝石《ほうせき》の首飾《くびかざ》り、腕輪《うでわ》、小箱《こばこ》、王冠《おうかん》などからは、

虹《にじ》のような後光《ごこう》がさしています。

ポケット小僧《こぞう》は、すっかり、めんくらってしまいました。地の底《そこ》に、こんなすばらしい美術室《びじゅつしつ》があるなんて、想像《そうぞう》もできないことでした。

二十面相《めんそう》は、前には、山の中の奇面城《きめんじょう》に、大きな美術室を持っていましたが、小林少年《こばやししょうねん》とポケット小僧の働《はたら》きで、それを警察《けいさつ》にとりあげられてしまったので、こんどは、東京都《とうきょうと》内《ない》に、こんな広い地下の住《す》み家《か》をつくって、またぬすみ集《あつ》めた美術品《びじゅつひん》を、この部屋《へや》に飾《かざ》っているのでしょう。

部屋の入り口のそばに、美しい彫刻《ちょうこく》のある、木のたんすのようなものがおいてあったので、ポケット小僧は、そのうしろに身《み》をかくして、二十面相のようすを、うかがっていました。

部屋のまん中に大きなテーブルがあり、そのまわりに、りっぱなイスがならんでいます。二十面相はそのイスのひとつに、ゆったり腰《こし》をかけて、テーブルの上の金色《きんいろ》の箱《はこ》から、葉《は》巻《ま》きタバコをとって、金色のライターで火をつけました。

葉巻きタバコのいいにおいが、ポケット小僧のところまで、流《なが》れてきます。

＊第18巻『奇面城の秘密』での事件

ひらけ、ゴマ

しばらくすると、入り口のかくし戸が、スーッとひらきました。だれかが「ひらけ、ゴマ」の呪文《じゅもん》をとなえたのでしょう。呪文を知っているからには、二十面相《めんそう》のおもだった部下《ぶか》にちがいありません。

はいってきたのは、まことに、へんてこな組み合わせのふたりでした。ひとりは三十ぐらいの、りっぱな背広《せびろ》を着《き》た紳士《しんし》、もうひとりは、ぼろぼろの和服《わふく》を着たおばあさんです。半分白くなった髪《かみ》の毛《け》が、もじゃもじゃにみだれて、よごれた顔《かお》はしわだらけで、おまけに、片方《かたほう》の目がつぶれています。恐《おそ》ろしくきたないおばあさんです。

ふたりは、電人《でんじん》M《エム》の前のイスに、平気《へいき》でこしかけました。そして、おばあさんは、ふところをもぐもぐやっていたかとおもうと、すばらしい真珠《しんじゅ》の首飾《くびかざ》りをわしづかみにして、テーブルの上にザラッと投《な》げだしました。首飾りが、七つも八つも、からみあっているのです。

「きょうは、これだけです。最上級《さいじょうきゅう》の真珠ですよ。銀座《ぎんざ》の宝玉堂《ほうぎょくどう》で、この二十九号《ごう》が（と紳士を指《ゆび》さして）やったのです。店を出たところに、わたしがすわっていました。

二十九号《ごう》は、これをわたしのふところにほうりこんで、なにくわぬ顔《かお》で、歩いていったのです。

気のついた店員《てんいん》が、追《お》っかけてきました。しかし二十九号の身体検査《しんたいけんさ》をしても、何も出てきません。店の前にすわっていた、このおばあさんがぐるだとは、だれも気がつかなかったのです。」

おばあさんが、太い男の声で、説明《せつめい》しました。どうやら、男がおばあさんに変装《へんそう》しているらしいのです。つぶれていると思った片方《かたほう》の目も、大きくひらいていました。

「うん、うまくやった。この真珠《しんじゅ》は、なかなか質《しつ》がいいぞ。しかし、ばあさんにばける手は、もうつかわないほうがいい。一度《ど》でおしまいにするのだ。」

二十面相《めんそう》の電人《でんじん》M《エム》は、鉄《てつ》の手で、首飾《くびかざ》りを持ちあげながら、まんぞくそうにいうのでした。

そのふたりが出ていってしばらくすると、また、秘密戸《ひみつど》がひらいて、黒いつめえりの服《ふく》を着《き》た男が、はいってきました。おまわりさんのような帽子《ぼうし》を手に持っています。

この男も、えんりょなくイスにかけて、上着《うわぎ》の胸《むね》にかくしていた、長い棒《ぼう》のようなものをとりだし、テーブルの上におきました。ふるい掛《か》け軸《じく》です。

「雪舟《せっしゅう》の絵《え》です。国宝《こくほう》ですよ。」

男は、じまんらしくいいました。

「うん、そうか。よくやった。博物館《はくぶつかん》からだね。」

電人《でんじん》M《エム》は鉄《てつ》の手で、その掛《か》け軸《じく》をひらいてみながら、たずねました。

「そうです。ごらんのとおり、博物館の番人の制服《せいふく》を着《き》てはいりこんだのです。そして、ほんとうの番人に麻酔薬《ますいやく》をかがせて、物置《ものお》きの中に、ほうりこんでおいて、やすやすと、この掛け軸を手にいれました。ほかの番人は、わたしを仲間《なかま》だと思っているので、逃《に》げだすのもわけはありませんでした。」

「ありがとう。これで国宝《こくほう》が十二点になったよ。だが、まだまだ。いずれは博物館の美《び》術品《じゅつひん》を、ぜんぶちょうだいするつもりだからね。」

その部下《ぶか》が出ていくと、二十面相《めんそう》は、テーブルの上の電話機《でんわき》をとりあげました。

「豊島区《としまく》の遠藤博士《えんどうはくし》をよびだしてくれ。」

この地下の住《す》み家《か》には、電話の交換台《こうかんだい》まであるらしいのです。

「あ、あなたは遠藤博士ですか。……ぼくはごぞんじのものです。……え、わかりませんか。……ウフフフ……、このあいだまで、あなたの助手《じょしゅ》をつとめていた男ですよ。……そうです。電人Mですよ。……もうひとつの名は二十面相。……ハハハハ……、びっくりしていますね。……お子さんの治郎君《じろうくん》はぶじです。だいじにしていますよ。

え、返《かえ》してくれって？　むろん、お返ししますよ。あなたの大発明《だいはつめい》とひきかえにね。あ

なたは、あの発明《はつめい》の秘密《ひみつ》を、すっかり、ぼくにおしえてくれるのです。それがすむまでは、治郎君《じろうくん》はぜったいに返《かえ》しませんよ。

もし、秘密をおしえることがいやだとおっしゃるなら、治郎君は永久《えいきゅう》に帰りません。……え、殺《ころ》すのじゃないかって？　いや、そんなことはしませんよ。ぼくは人を殺したり、傷《きず》つけたりは、けっしてしないのです。ただ、治郎君を、だれにもわからないところへ、かくしてしまうのです。あなたは一生、かわいい子どもと、会うことができなくなるのです。

いますぐ返事《へんじ》しなくてもよろしい。よく考えてください。いずれまた連絡《れんらく》しますからね。では、さようなら。」

ていねいなことばで、恐《おそ》ろしいことを宣告《せんこく》したのです。

これで、二十面相《めんそう》の考えが、ポケット小僧《こぞう》にも、よくわかりました。治郎君は、殺される心配《しんぱい》はありません。しかし、一刻《いっこく》もはやく助《たす》けださなければ、治郎君がかわいそうです。ポケット小僧は、ここをどうかしてぬけだして、明智先生《あけちせんせい》や、中村警部《なかむらけいぶ》に、知らせなければならないと思いました。

それから、すこしずつ間《ま》をおいて、いろいろな姿《すがた》をした部下《ぶか》たちが、五、六人もやってきました。

あるものは、顔《かお》にベールをかけ、りっぱなドレスを着《き》た美しい婦人《ふじん》に、なりすましていました。それが部屋《へや》にはいると、すっかり男にもどって、男の声で話をするのです。

あるものは、顔に壁《かべ》のようにおしろいをぬり、チョビひげをはやし、ちんちくりんの背《せ》広《びろ》を着て、どた靴《ぐつ》をはき、短《みじか》いステッキをふりまわしながら、はいってきました。チャップリンのチンドン屋《や》にばけているのです。

あるものは、二十面相《めんそう》と同じ電人《でんじん》M《エム》の姿《すがた》で、ギリギリと、歯車《はぐるま》の音をさせながらはいってきました。

そのときは、電人Mがふたりになって、どちらがどちらだか、わからなくなってしまいました。

そして、それらのふしぎな姿をした部下《ぶか》たちは、てんでに、その日のえものを、テーブルの上において、立ち去るのでした。

いわれのある名刀《めいとう》、小さい金銅《こんどう》の仏像《ぶつぞう》、指輪《ゆびわ》のいっぱいはいった美しい宝石箱《ほうせきばこ》、西洋《せいよう》の有名《ゆうめい》な画家の油絵《あぶらえ》など、ありとあらゆる美術品《びじゅつひん》が、集《あつ》まってくるのです。

一日でこんなに集まるのですから、りっぱな美術室ができるはずです。ポケット小僧《こぞう》は、二十面相の大がかりなやりかたに、おったまげてしまいました。

そのとき、部屋のどこかで、ジジジジ……と、ブザーが鳴りました。それを聞くと、二

十面相《めんそう》の電人《でんじん》M《エム》は、いそいで立ちあがり、部屋《へや》を出ていきます。

ポケット小僧《こぞう》は、すばやく、そのあとにくっついて、かくし戸の外に出ました。

黒いおばけの会議《かいぎ》

また、うす暗《ぐら》い廊下《ろうか》です。二十面相は、そこを右にまがり、左にまがり、歩いていきます。このへんは、コンクリートの床《ゆか》で、リノリウムの自動廊下《じどうろうか》ではありません。

廊下は、せまいトンネルのようになり、そのつきあたりに、上にのぼるコンクリートの階段《かいだん》が見えてきました。

二十面相は、それをのぼっていきます。ポケット小僧の小さな黒い姿《すがた》も、そのすぐあとから、ついていきます。

階段をのぼりきると、コンクリートの壁《かべ》でふさがれていましたが、二十面相は、どこかのボタンを押《お》して、それをひらきました。コンクリートの重《おも》いふたが、スーッと上のほうへ、ひらいていくのです。

そこを出ると、空いっぱいに、星がかがやいていました。

「おやっ、もう地下から、外に出たんだな。」

ポケット小僧《こぞう》は、やれうれしやと思いました。外に出てしまえば、事務所《じむしょ》へ帰るのは、わけはないからです。

そこは、公園などにある野外音楽堂《やがいおんがくどう》のようなところでした。星の光で、ぐるっと、まるくとりまいたベンチの列《れつ》が、かすかに見えています。

それらのベンチは、うしろのほうほど高くなっていて、ちょうど学校の理科実験室《りかじっけんしつ》を、何倍《なんばい》にも広くしたような感《かん》じです。それらのベンチには、あちこちに、黒いおばけみたいなものが、こしかけていました。そのおばけは、みんなで五十人ぐらいのようでした。

二十面相《めんそう》の電人M《でんじんエム》は、ベンチでかこまれた、まん中のあき地においてあるイスにこしかけました。

そのイスの横《よこ》に、まっ黒な大入道《おおにゅうどう》のようなものが、ニューッと立っています。まるい顔《かお》がいくつもある、でっかいばけものです。

しばらくすると、ベンチのどこからか、

「みんな、そろいました。」

という声が聞こえました。

それを聞くと、まん中の二十面相は、すっくと、イスから立ちあがりました。黒い大入道と電人Mとが、ぶきみな姿《すがた》をならべたのです。しかしその大きさは、まるでちがいます。

顔《かお》のいくつもある大入道《おおにゅうどう》のほうは、電人《でんじん》M《エム》の十倍《ばい》もある巨人《きょじん》です。

電人Mが、恐《おそ》ろしい声でどなりました。どこかに、ラウドスピーカーをつけているのかもしれません。

「諸君《しょくん》！」

「これから、一週間に一度《ど》の金曜日《きんようび》の会議《かいぎ》をひらく。いつもいっていることだが、ここにあらためて、われわれの団体《だんたい》の目的《もくてき》をのべる。

われわれは世界《せかい》の美術品《びじゅつひん》を集《あつ》めることを目的とする。買いいれるのではなく、ぬすみとるのだ。そして二十面相大美術館《めんそうだいびじゅつかん》をつくるのが、おれの一生《いっしょう》の目的だ。

金銭《きんせん》をぬすむこともあるが、それが目的ではない。おれと諸君の暮《く》らしをたてるためだ。諸君にはじゅうぶんの金をあたえている。諸君はひとりひとりが、そうとうの金持ちだ。

われわれは、どんなことがあっても、人を殺《ころ》さない。人を傷《きず》つけない。おれは血《ち》を見ることが、大きらいだ。このおきては、かたく守《まも》ってもらいたい。

いまおれは、遠藤博士《えんどうはくし》の大発明《だいはつめい》を、おれのものにしようと考えている。そのためには、博士の助手《じょしゅ》に住みこんだりして、ずいぶん骨《ほね》をおったが、どうしても秘密《ひみつ》がわからない。そこで、やむをえず、博士の子どもの治郎君《じろうくん》をかどわかして、われわれの住《す》み家《か》にかくした。たいせつにあつかうつもりだ。ただ、博士が秘密をうちあけるまでは、ぜったいに返《かえ》さ

ないというだけだ。

遠藤博士《えんどうはくし》の発明《はつめい》は、やがて、おれのものになる。そうなれば、おれは天下無敵《てんかむてき》だ。世界《せかい》を敵にまわしても、こわくないぞ。おれの知恵《ちえ》と、おれの二十のちがった顔《かお》と、博士の恐《おそ》ろしい発明と、これだけそろえば、おれは、思う存分《ぞんぶん》のことができる。だから諸君《しょくん》はこのうえとも、治郎君《じろうくん》を逃《に》がさないように、よく注意《ちゅうい》するのだ。あの子が、大発明《だいはつめい》を手に入れるかぎだからな。

おれはいまは二十面相《めんそう》ではなくて、電人M《でんじんエム》だ。おれがどんなに大じかけな地下の電気の国をつくったかは、諸君がよく知っている。諸君が、それぞれの持ち場を、ひきうけてくれたおかげだ。

ああ、電気の国！　おれたちは、地球《ちきゅう》だけではない。宇宙《うちゅう》を相手《あいて》にしているのだ。宇宙人をつくりだしているのだ。その秘密《ひみつ》も、諸君はよく知っている。

これで、おれの話はおわる。諸君のうちに、なにか意見《いけん》があったら、えんりょなく、ここでいってもらいたい。」

「異議《いぎ》なし！」「異議なし！」

ベンチの方々《ほうぼう》から、声がおこりました。

ベンチにかけていた黒いおばけは、みんな人間だったのです。二十面相の部下《ぶか》だったの

です。黒シャツに黒覆面《くろふくめん》をつけて、目のところだけをくりぬいたありさまは、ポケット小《こ》僧《ぞう》とそっくりです。

彼《かれ》らは、そのとき、そろって立ちあがりました。

「電人《でんじん》M《エム》ばんざーい。」

「電気の国ばんざーい。」

みんなの声が、星空の下にとどろきわたりました。

ポケット小僧は、ますますおどろきました。二十面相《めんそう》の電人Mは五十人の部下《ぶか》を持っているのです。そして、毎日、毎日、日本じゅうの美術品《びじゅつひん》を、いや、世界《せかい》の美術品を、集《あつ》めているのです。

遠藤博士《えんどうはくし》の発明《はつめい》をぬすむのも、電人Mにばけたのも、みんなその目的《もくてき》をたっするためらしいのです。なんという大がかりな盗賊団《とうぞくだん》でしょう。

「だが、こっちには明智先生《あけちせんせい》がいる。小林団長《こばやしだんちょう》がいる。なあに、いまに、あっといわせてやるぞ。」

ポケット小僧は、明智事務所《あけちじむしょ》に帰るために、みんなのそばから、はなれていきました。

しかし、この広っぱのまわりには、高いコンクリートの塀《へい》がめぐらされていて、どこにも出口のないことがわかりました。これは、どこかの屋敷《やしき》の中でしょうか。それとも……?

ああ、ここはいったい、どこなのでしょう。

ポケット小僧《こぞう》の曲芸《きょくげい》

広っぱを出ようとすると、ポケット小僧《こぞう》は、コンクリートの長い塀《へい》のようなものに、ぶつかってしまいました。どこかに出口はないかと、塀をつたって、横《よこ》に進《すす》んでいきましたが、塀はどこまでもつづいています。しかも、まっすぐではなくて、みんなのかけているベンチをかこむように、まるくなっているのです。

「へんだなあ。こんなまるい塀の公園なんて、東京《とうきょう》にあったかしら。」

ポケット小僧は、首をかしげて、空を見あげました。

すると、みょうなことに気がついたのです。塀の向《む》こう側《がわ》には、星が一つも見えないではありませんか。

「おやっ、雲が出たのかな。」

と、うしろをふりかえってみますと、うしろの空には、さっきと同じように、たくさんの星が、キラキラとかがやいています。

なんだかへんです。こんなに、くっきり、空が二つにわかれて、一方には少しも雲がな

く、一方は厚《あつ》い雲におおわれるということが、あるものでしょうか。

「あっ、そうだっ。わかったぞっ。」

ポケット小僧《こぞう》は、おもわず心の中で叫《さけ》びました。

ここは、あの月世界旅行《げっせかいりょこう》の見世物《みせもの》の、月球《げっきゅう》の内部《ないぶ》にあるプラネタリウムだったのです。頭《あたま》のいくつもある大きな黒い怪物《かいぶつ》は、プラネタリウムの機械《きかい》だったのです。

ポケット小僧がしのびこんだ桜井《さくらい》さんのガレージは、練馬区《ねりまく》にあるのです。

そして、月世界の見世物も、同じ練馬区でした。

その二つの場所《ばしょ》は、あんがい近いのかもしれません。二十面相《めんそう》は、そのあいだに、長いトンネルをつくったのでしょう。

いつか小林団長《こばやしだんちょう》は、二十面相と月世界の見世物とは、なにか関係《かんけい》があるんじゃないかと、いったことがあります。ポケット小僧は、あのことばを思いだしました。

やっぱりそうだったのです。月世界のプラネタリウムは、昼間は、ほんとうの見世物として、おおぜいの客《きゃく》をいれ、夜がふけると、二十面相怪盗団《めんそうかいとうだん》の会合《かいごう》の場所につかわれていたのです。そして、その地下つづきに、二十面相のかくれ家《が》が、つくってあったのです。

あんなにぎやかな見世物の中に、二十面相の住《す》み家《か》があるなんて、だれも考えおよばないことでした。

見世物《みせもの》でお金をもうけるばかりでなく、それで世間《せけん》の目をごまかしていたのです。二十面相《めんそう》らしい大胆《だいたん》なやりかたではありませんか。

ポケット小僧《こぞう》は、なおも塀《へい》をつたって、右へ右へと、進《すす》んでいきました。

やがて、大きな入り口のとびらのところへ、たどりつきました。そのとびらは、厳重《げんじゅう》にかぎがかかっていて、びくとも動《うご》きません。

しかたがないので、そこを通りすぎて、もっと右のほうへ進んでいきますと、また出入り口があって、そこはドアがひらいたままになっていました。

そこは、昼間、プラネタリウムを見にくる人たちの、休憩室《きゅうけいしつ》でした。広い部屋《へや》に、電灯《でんとう》がひとつだけついていて、あたりをボンヤリと、照《て》らしています。

やっぱり、ここは見世物のプラネタリウムでした。もう、まちがいはありません。

休憩室の壁《かべ》ぎわに、コンクリートの台があって、その上に、せとものの大きな花びんが飾《かざ》ってあります。高さ八十センチほどもある、りっぱな花びんです。花もいけてないし、水もはいっていません。ただ、部屋の飾りとして、おいてあるのです。これも二十面相が、どこからかぬすんできた美術品《びじゅつひん》のひとつかもしれません。

ポケット小僧は、その花びんを、じっとながめていました。それから台の上にあがって、中に手をいれて、水がはいっていないことをたしかめました。

「あっ、そうだ。この部屋《へや》で、見物《けんぶつ》の人たちは、宇宙服《うちゅうふく》をぬいで、係《かか》りの人に返《かえ》すんだな。あのしまった戸の中に、宇宙服をおく棚《たな》があるんだ。」

ポケット小僧《こぞう》は、いつか月世界旅行《げっせかいりょこう》の見世物《みせもの》を、見物したことがあるので、それを知っていたのです。

「ウフフフ……」

ポケット小僧の黒覆面《くろふくめん》の中から、低《ひく》い笑《わら》い声《ごえ》がもれてきました。いたずらっぽい笑いです。なにかおもしろいことを、考えついたのでしょうか。

それから、また、まっ暗《くら》なプラネタリウムの中へもどっていきました。

二十面相《めんそう》の部下《ぶか》たちは、会議《かいぎ》がすんだので、半分はベンチから立ちあがっていましたが、まだ、半分はこしかけたままです。

「あっ、痛《いた》いっ。」

こしかけている部下のひとりが、小さい声で叫《さけ》んで、ベンチの下をのぞきこみました。なにかに、足を食《く》いつかれたような気がしたからです。しかし、ベンチの下には、なにもいません。

「あっ、痛いっ。」

こんどは、すこしへだたったベンチで、同じことがおこりました。

それから、あちらでも、こちらでも、

「痛《いた》いっ。」「痛い。」

という声がおこり、みんながベンチの下をのぞくのです。

「おい、なにかいるよ。犬じゃないか。」

「いや、犬にしては、かみつきかたが小さいよ。ネズミだろう。」

「ネズミが人間にかみつくもんか。なにか、怪《あや》しい動物《どうぶつ》が、まぎれこんでいるんだ。」

「おい、懐中電灯《かいちゅうでんとう》をつけて、さがしてみよう。」

パッ、パッと、あちこちに、光が流《なが》れました。部下《ぶか》たちが懐中電灯をつけて、ベンチの下を照《て》らしているのです。

「あっ、まっ黒なやつがいる。」

「人間だ！　人間の子どもだ。」

「よし、つかまえてしまえ。」

とうとう、見つかりました。むろん、それはポケット小僧《こぞう》だったのです。彼《かれ》は、からだが小さいのをさいわいに、ベンチの下をはい歩いて、部下たちの足を、つねってまわったのです。

たちまち、みんなに、とりかこまれましたが、小さいうえに、すばしっこいポケット小《こ》

僧《ぞう》は、ヒョイヒョイと身《み》をかわして、リスのように逃《に》げまわり、なかなか、つかまるものではありません。

暗闇《くらやみ》の中のおにごっこが、はじまりました。

「あっ、そっちへいったぞっ。」

「さあ、つかまえたっ。……あらっ、すべりぬけちゃった。なんて、すばやいやつだ。」

「痛《いた》いっ、おれのお尻《しり》に、かみつきやがった。こん畜生《ちくしょう》。」

大さわぎです。相手《あいて》はポケットにはいるといわれる、小さな子ども、こちらは、何十人のおとなです。追《お》っかけるほうが多すぎて、同士《どうし》うちなんかやって、かえって、つかまらないのです。

パッと、プラネタリウムの丸屋根《まるやね》に、電灯《でんとう》がつきました。だれかが、スイッチをいれたのです。

「おやっ、どこへいったんだ。」

「休憩室《きゅうけいしつ》へ、逃げたらしいぞ。」

みんなは、どやどやと、休憩室へなだれこみました。そして、すみずみまでさがしましたが、だれもいません。ポケット小僧《こぞう》は、そこで消《き》えてしまったのです。

それから長いあいだ、捜索《そうさく》がつづけられました。しかし、どうしても見つけだすことが

できません。ほんとうに消《き》えてしまったのです。

「ふしぎだ、ふしぎだ。」

といいながら、部下《ぶか》たちはみんな、自分《じぶん》の部屋《へや》に、ひきあげてしまいました。

ポケット小僧《こぞう》は、いったい、どこにかくれたのでしょう。それは、休憩室《きゅうけいしつ》のさっきの花びんの中でした。そのつぼは、太いところは直径《ちょっけい》五十センチもありますが、口がせまくなっていて、そこは直径二十センチぐらいなのです。どんな小さい子どもでも、そんな中にはいれるはずはありません。ですから、だれも花びんの中などしらべなかったのです。

ところが、ポケット小僧は、前に曲芸団《きょくげいだん》にいたことがあって、小さなつぼの中にはいる曲芸をやらされたことがあるのです。頭《あたま》だけはいる広さがあれば、からだ全体《ぜんたい》、はいれるものです。むろんしんぼうづよく、練習《れんしゅう》しなければなりません。ポケット小僧は、その練習をやらされて、つぼの中にかくれる術《じゅつ》を、心得《こころえ》ていたのです。

彼《かれ》はいつか、奇面城《きめんじょう》の事件《じけん》で、四角なカバンの中に身《み》をひそめて、二十面相《めんそう》の住《す》み家《か》にのりこんだことがあります。あれも、そういう曲芸を心得ていて、からだを自由《じゆう》にまげることができたからです。

みんながいなくなって、しばらくすると、花びんの口から、ニューッと手が出て、頭が出て、それから、もう一本の手が出て、ポケット小僧があらわれました。

「フーッ、苦《くる》しかった。だが、もうだいじょうぶだな。」

台からおりて、グーッと手足をのばしました。そして、大いそぎで黒い覆面《ふくめん》をとり、黒シャツとズボンをぬいで、それを裏返《うらがえ》して、また身《み》につけました。シャツの裏は茶色、ズボンの裏はグレーです。いままでとは、似《に》てもにつかない、ふつうの身なりに変《か》わってしまいました。

黒覆面《くろふくめん》は小さくまるめて、ポケットにねじこみ、チョロチョロと走っていったかとおもうと、もう、どこかへ、姿《すがた》が見えなくなってしまいました。

こうして、朝までかくれていて、月世界《げっせかい》の見世物《みせもの》がひらくのを待つのです。そして、見《けん》物《ぶつ》たちが、ここで宇宙服《うちゅうふく》をぬいで、外へ出ていくときに、なにくわぬ顔《かお》でその中にまじって、逃《に》げだしてしまうつもりなのです。

銀《ぎん》色《いろ》の玉

そのあくる日、午前十一時ごろ、明智探偵事務所《あけちたんていじむしょ》の応接間《おうせつま》には、明智探偵と大発明家《だいはつめいか》遠藤博士《えんどうはくし》と少林少年《こばやししょうねん》の三人が、テーブルをかこんで話をしていました。

一時間ほど前、ポケット小僧《こぞう》が、月世界の見世物から逃げだしてきて、ゆうべのことを、

くわしく報告《ほうこく》しましたので、明智探偵《あけちたんてい》は遠藤博士《えんどうはくし》に電話をかけて、事務所《じむしょ》にきてもらって、相談《そうだん》をしているのです。

ポケット小僧《こぞう》は、ゆうべ寝《ね》なかったので、話をしてしまうと、さっそく小林少年《こばやししょうねん》のベッドにもぐりこんで、グーグー寝ているのでした。

「そんなにおおぜい部下《ぶか》がいるのでは、わたしの子どもをとりもどすことは、むずかしいでしょうね。」

遠藤博士は、心配《しんぱい》らしく、明智探偵の顔《かお》をながめました。

「むずかしいにちがいありませんが、ポケット小僧のおかげで、あいつの住《す》み家《か》がわかったのですから、なにか、うまい方法《ほうほう》があるかもしれません。考えてみましょう。」

明智探偵はそう答えましたが、さすがの名探偵《めいたんてい》にも、そのうまい方法というのが、すぐには浮《う》かんでこないようすでした。

しばらく、三人とも、だまりこんで考えていました。小林少年も、うまい工夫《くふう》はないかと、いっしょうけんめい頭《あたま》をしぼりましたが、なかなか名案《めいあん》が、浮かんできません。

そのとき、遠藤博士が、なにか、ふかく決心《けっしん》したようすで、こんなことをいいだしました。

「明智さん、わたしは、思いきって、やってみようかと思うのです。」

「え、なにをですか。」

「わたしの発明《はつめい》を、つかってみるのです。」

「ああ、あなたの発明は、世界《せかい》を滅《ほろ》ぼすほどの偉大《いだい》な力だと聞いていますが……」

「そうです、原水爆《げんすいばく》のように人を殺《ころ》さないで、しかも世界を思うままにできるのです。」

「その力を、二十面相《めんそう》を滅ぼすためにつかうのですか。」

「そうです。その力の、ごくわずかをつかえばよいのです。むろん、二十面相やその部下《ぶか》を殺《ころ》したり、傷《きず》つけたりするわけではありません。

しかも、その力によって、わたしの子どもの治郎《じろう》をとりもどすのはもとより、あいつがぬすみためた美術品《びじゅつひん》をすっかりとりもどし、そして、二十面相も部下も、みんな刑務所《けいむしょ》へ、ほうりこんでしまうことができるのです。」

遠藤博士《えんどうはくし》は、さも自信《じしん》ありげに、強くいいきるのでした。

「わたしには、想像《そうぞう》もつきませんが、その力が、どういうものか、お話しくださるわけにはいきませんか。」

さすがの明智探偵《あけちたんてい》も、この大発明《だいはつめい》には、すっかりおどろかされたようです。

「くわしいことは、あとで、ゆっくりお話ししますが、ひと口でいえば、それは、こういう力です。」

遠藤博士《えんどうはくし》は、明智探偵《あけちたんてい》と小林少年《こばやしょうねん》の顔《かお》のそばに、自分《じぶん》の顔をくっつけるようにして、なにごとか、ぼそぼそとささやきました。

「ほう、百二十時間、五日間ですね。」

明智探偵がおどろいて、聞きかえします。

「そうです。五日あればどんなことだってできるでしょう。ひとつの国の政府《せいふ》を変《か》えてしまうことだって、わけはありません。」

「軍隊《ぐんたい》はもちろんですが、警察《けいさつ》でも、その力を持っていたら、なんでもやれますね。」

「そうです。ですから、わたしの発明《はつめい》のことを、つたえ聞いて、いろいろな外国人《がいこくじん》が、買いとりにやってくるのです。しかし、わたしはけっして売りません。これを手にいれた国は、世界《せかい》を思うままにできるからです。」

「さすがに二十面相《めんそう》のやつは、そこに目をつけたのですね。そしてあなたの助手《じょしゅ》になりすまして、発明をぬすもうとした。」

「そうです。しかし、わたしは、どんな親《した》しいものにも、この発明の秘密《ひみつ》は、ひとこともしゃべっていません。ノートなども残《のこ》してありません。すべて、わたしの頭《あたま》の中だけにあるのです。」

なにしろ、ひとつの国をいっぺんに滅《ほろ》ぼすほどの力があるのですから、二十面相と部下《ぶか》

を滅《ほろ》ぼすのには、爪《つめ》の先ほどの原料《げんりょう》があればよいのです。それを銀色《ぎんいろ》の玉にいれて、ある場所《ばしょ》にしかけるのです。ある時間がくれば、かならず、その作用《さよう》がおこるような方法《ほうほう》です。」

「時限爆弾《じげんばくだん》のようなものですね。」

「そうです。しかけはあれと同じです。銀色《ぎんいろ》の玉の中に、そのしかけがはいっているのです。ところで、その銀色の玉を、ある場所においてこなければなりません。それをだれにやらせるかです。だいじな役目《やくめ》ですからね。」

「ぼくがやります。」

小林少年《こばやししょうねん》が、顔《かお》をかがやかせて、強い声でいいました。

「しかし、きみは二十面相《めんそう》たちに、顔を知られている。」

「変装《へんそう》しますよ。ぼくは、変装は得意《とくい》なんです。」

遠藤博士《えんどうはくし》は、それを聞くと、相談《そうだん》するように、明智探偵《あけちたんてい》の顔を見ました。

「小林君《こばやしくん》ならだいじょうぶです。変装の名人ですよ。よく女の子にばけることがありますが、顔も声も女の子になりきってしまって、だれも気がつかないほどです。」

「そのことは、わたしも、聞いています。それに頭《あたま》がよく働《はたら》いて、勇気《ゆうき》があるのだから、まず申《もう》し分《ぶん》ないでしょうね。それでは、小林君に、この大事《だいじ》な仕事《しごと》を、たのむことにしましょう。」

「それはいつですか。」

「二十面相《めんそう》と部下《ぶか》が、このつぎにプラネタリウムに集《あつ》まって、会議《かいぎ》をひらく日です。一週間に一度《ど》というのだから、このつぎの金曜日《きんようび》ですね。」

「で、その銀色《ぎんいろ》の玉を、どこにおいてくるのですか。」

すると、遠藤博士《えんどうはくし》の顔《かお》がスーッと近づいて、小林君《こばやしくん》のほおにくっつかんばかりになりました。そして、なにごとか、ささやいたのです。

「わかりました。きっと、うまくやってみせます。」

小林君が、胸《むね》をたたくようにして、答えました。

そのとき、明智探偵《あけちたんてい》は、ふと気づいたように、博士にたずねました。

「遠藤さん、治郎君《じろうくん》はだいじょうぶですか。治郎君も、あの地下室《ちかしつ》にとじこめられているのですから、やっぱり、その力の作用《さよう》を受けるのではありませんか。」

「受けます。しかし、死《し》ぬわけでも傷《きず》つくわけでもありません。二十面相を滅《ほろ》ぼすためには、わたしの子どもが同じ力の作用を受けるぐらいは、しかたがないのです。わたしが、こういう決心《けっしん》をしたのも、自分《じぶん》の発明《はつめい》に自信《じしん》があるからです。治郎はその作用を受けても、すこしも心配《しんぱい》はありません。」

博士は強い決意《けつい》をあらわして、きっぱりといいきりました。

さて、それから一週間めの金曜日《きんようび》のことです。練馬区《ねりまく》の月世界旅行《げっせかいりょこう》の見世物《みせもの》は、相変《あいか》わらずにぎわっていました。むこうに、おわんをふせたような大月球《だいげっきゅう》がそびえています。敷地《しきち》の三方《さんぽう》のすみには月世界行きのロケットの発着所《はっちゃくじょ》があり、おおぜいの見物人《けんぶつにん》たちが順番《じゅんばん》を待っています。

その一つの発着所の見物人の中に、いなかの中学生に変装《へんそう》した小林少年《こばやししょうねん》が、まじっていました。

なんという、うまい変装でしょう。いなからしい学生服《がくせいふく》、学生帽《がくせいぼう》、スポーツずきの地方少年といった、いかつい黒い顔《かお》、小林少年のおもかげは、これっぽっちもありません。

その中学生は、切符《きっぷ》をわたして、係《かか》りの人に宇宙服《うちゅうふく》を着《き》せてもらいました。この係りも、ほんとうは、二十面相《めんそう》の部下《ぶか》なのですが、小林君《こばやしくん》の変装には、すこしも気がつきません。

それから、順番を待って、空中にぶらさがっているロケットに乗《の》りこみました。

やがて、ロケット発射《はっしゃ》。ケーブルにつられたロケットは、恐《おそ》ろしい爆音《ばくおん》とともに、おしりから白い煙《けむり》をだして、矢《や》のように、むこうの月世界へとんでいきます。月球に近づくと、ぐるっとまわって、おしりのほうから、でこぼこの月面《げつめん》に着陸《ちゃくりく》。見物人たちは、ロケットを出て、コンクリートづくりの月面を、勝手《かって》な方角《ほうがく》へはいのぼるのです。小林少年は、みんなからはなれて、月球のてっぺんにかけのぼりました。

会議場《かいぎじょう》の異変《いへん》

小林君《こばやしくん》は、噴火口《ふんかこう》のような穴《あな》ぼこの、いちばん深《ふか》くて大きいのを、さがしまわりました。

「ああ、これがいい。一メートルも深さがある。ここならだいじょうぶだろう。」

そんなひとりごとをいって、小林君は、その大きな穴の中へはいりました。

そして、ポケットから、ハンドドリルをとりだすと、いきなり、穴の底《そこ》を掘《ほ》りはじめました。

たいして大きな音をたてるわけではありませんから、見物人《けんぶつにん》たちがあやしんで、集《あつ》まってくる心配《しんぱい》はありません。

ドリルで、まるく、たくさん穴をあけて、そこのコンクリートをかきとって、野球《やきゅう》のボールがすっぽりはいるほどの、くぼみをつくりました。

そして、宇宙服《うちゅうふく》の下の自分の服のポケットから、銀色《ぎんいろ》の玉をとりだして、そのくぼみの中にいれ、上から、くだけたコンクリートをかぶせて、わからないようにしてしまいました。

この銀色の玉は、遠藤博士《えんどうはくし》からわたされた、水爆《すいばく》や原爆《げんばく》よりも恐《おそ》ろしい力を持つ、あの

大発明《だいはつめい》の武器《ぶき》なのです。

その仕事《しごと》をおわると、小林君《こばやしくん》は、そのまま明智探偵事務所《あけちたんていじむしょ》へ帰ってきました。

いっぽう、遠藤博士《えんどうはくし》の家では、その同じ日に、こんなことがおこっていました。

二十面相《めんそう》の電人《でんじん》M《エム》から、遠藤博士に電話がかかってきたのです。

「きょう返事《へんじ》をするという約束《やくそく》だから、電話をかけたのです。決心《けっしん》はつきましたかね。」

二十面相が、ていねいな口をききました。

「決心した。しかし、治郎《じろう》とひきかえだよ。まちがいないだろうね。」

「だいじょうぶです。ぼくは約束にそむいたことはありません。あなたが、秘密《ひみつ》をうちあけて、お帰りになるときには、治郎君《じろうくん》といっしょです。治郎君は元気ですよ。」

「それさえ、まちがいなければ、わたしのほうは、あすの晩《ばん》がいい。」

「何時です。」

「九時としよう。あすの土曜日《どようび》の午後九時。場所《ばしょ》は、きみにまかせる。」

「むろんですよ。場所をあなたのほうできめたら、警官隊《けいかんたい》が待ちぶせしているにきまってますからね。」

「だから、きみのすきなところへいくよ。」

「では、八時半に、おたくへ、自動車《じどうしゃ》をむかえにやりましょう。あなたのお知り合いから

ということにして、その車には、ぼくの部下《ぶか》が乗《の》っていて、あなたに目かくしをし、さるぐつわをはめます。乱暴《らんぼう》はしませんから、それだけはお許《ゆる》しください。目かくしは、ぼくの住《す》み家《か》をわからせないためです。」

「わかった、わかった。」

博士《はくし》は、そういって、ニヤリと笑《わら》いました。二十面相《めんそう》の住み家なんて、ポケット小僧《こぞう》の働《はたら》きで、こっちには、とっくにわかっているのにと思うと、おかしくてしかたがないのです。

そうして、電話が切れました。遠藤博士《えんどうはくし》は、むろん、二十面相の自動車《じどうしゃ》に乗るつもりなんか、すこしもありません。土曜日《どようび》と約束《やくそく》しましたが、その前の金曜日《きんようび》の晩《ばん》に、あの銀色《ぎんいろ》の玉が、ものをいうのです。そして、二十面相たちはつかまってしまうのです。

さて、お話はとんで、その金曜日の夜の十時のできごとにうつります。

月世界《げっせかい》の見世物《みせもの》の、プラネタリウムの大丸屋根《おおまるやね》の下で、空にかがやく人工の星をながめながら、いつかの金曜日の夜と同じ、二十面相と部下たちの大会議《だいかいぎ》がひらかれていました。

頭《あたま》のいくつもある大入道《おおにゅうどう》のような、プラネタリウムの機械《きかい》のそばに、怪人《かいじん》二十面相《めんそう》が、りっぱな服《ふく》を着《き》て立っていました。暗《くら》いのでよく見えませんが、首や胸《むね》に金モール*の飾《かざ》りのついた、将軍《しょうぐん》のような服です。これが二十面相怪盗団長《めんそうかいとうだんちょう》の制服《せいふく》なのです。

＊金の糸でつくった組みひも。帽子や肩章《けんしょう》などにつかう

部下《ぶか》は百人ちかくも、集《あつ》まっています。このあいだの会議《かいぎ》の倍《ばい》の人数です。今夜《こんや》はとくべつに、ぜんぶの部下を集めたのでしょう。

前のほうのベンチには、黒シャツ、黒覆面《くろふくめん》の部下たち、そのうしろには、火星人《かせいじん》にばけた、タコ入道《にゅうどう》みたいなやつが二十人ぐらい、そして、いちばんうしろ側《がわ》のベンチには、電《でん》人M《じんエム》の衣装《いしょう》をつけた部下が、やはり二十人ぐらい、ずうっとならんで、こしかけています。

その異様《いよう》なありさまを、プラネタリウムの星あかりが、かすかに、照《て》らしだしているのです。

「諸君《しょくん》!」

二十面相《めんそう》が、金モールの飾《かざ》りを、チカチカひからせながら、演説《えんぜつ》をはじめました。

「今夜は、*1大吉報《だいきっぽう》があるので、みんなに、残《のこ》らず集まってもらった。大吉報とはなにか。諸君、遠藤博士《えんどうはくし》の大発明《だいはつめい》が、いよいよ手にはいることになったのだ。われわれは、全世界《ぜんせかい》を相手《あいて》にしても負《ま》けないような、偉大《いだい》な力を持つことになるのだ。

遠藤博士はとうとう、*2かぶとをぬいだ。あすの晩《ばん》、あの大秘密《だいひみつ》を、おれにうちあけてくれることになったのだ。諸君、喜《よろこ》んでくれたまえ。われわれは、もう、この世《よ》に恐《おそ》れるものは、何もなくなったのだぞ。」

それを聞くと、部下たちはみな立ち上がりました。そして、ワーッというどよめきがお

*1 とてもよい知らせ　*2 こうさんする

こり、バンザイの声が、プラネタリウムの丸屋根《まるやね》いっぱいに、ひびきわたりました。

それから、部下《ぶか》の中のおもだったものが、つぎつぎと立って、お祝《いわ》いのことばをのべるのでした。

三人めの部下が立ちあがって、わめくような声で、なにかしゃべっているときに、ふしぎなことがおこりました。

その部下のことばが、とつぜん、へんになったのです。酒《さけ》にでもよったように、ろれつがまわらなくなり、なにをいっているのか、まるで、わけがわからないのです。

「いがいろうで、ばらいえん。ぐるるるろん。いや、はなれそんなんで……」

そして、その声がだんだん低《ひく》くなり、ねごとみたいになり、からだ全体《ぜんたい》から、力がぬけてしまったように、くなくなと、そこへたおれてしまったのです。

みんなが、びっくりして、かけよったでしょうか。いや、だれもかけよりません。そのときには二十面相《めんそう》をはじめ、ぜんぶの部下が、たおれてしまっていたからです。みんな、イスからずり落《お》ちて、思い思いの、へんなかっこうで、まるで死《し》んだように、横《よこ》たわっていました。

べつに大きな音もしませんでしたが、あの銀《ぎん》の玉が爆発《ばくはつ》したのでしょう。そして、その力が、厚《あつ》いコンクリートをつきぬけて、作用《さよう》してきたのでしょう。

広いプラネタリウムの部屋《へや》は、墓場《はかば》のように、しずまりかえってしまいました。動《うご》くものは何もありません。ただ、天井《てんじょう》の人工の星だけが、キラキラひかっているばかりです。

大発明《だいはつめい》の秘密《ひみつ》

そのあくる日の夜明けごろ、月世界《げっせかい》の見世物《みせもの》の大月球《だいげっきゅう》のまわりには、おおぜいの人が集《あつ》まっていました。

名探偵明智小五郎《めいたんていあけちこごろう》、遠藤博士《えんどうはくし》、少年探偵団長小林少年《しょうねんたんていだんちょうこばやししょうねん》、ポケット小僧《こぞう》をはじめ、少年探偵団員《しょうねんたんていだんいん》二十三名、警視庁捜査《けいしちょうそうさ》一課《か》の係長中村警部《かかりちょうなかむらけいぶ》、制服警官《せいふくけいかん》三十名、背広《せびろ》の刑事《けいじ》十名、総勢《そうぜい》七十人にちかい人数です。それらの人たちをはこんできた、パトカーや、ふつうの自動車《じどうしゃ》が、広っぱのはしに、ずらっとならび、その中に、犯罪者《はんざいしゃ》をはこぶための大型《おおがた》の警察自動車《けいさつじどうしゃ》が五台もまじっています。勇《いさ》ましい捕《と》り物《もの》の、せいぞろいです。

「もう、爆発《ばくはつ》してから六時間以上《いじょう》たっています。だいじょうぶですよ。わたしの発明《はつめい》した力は、爆発してから五時間たてば、まったく害《がい》がなくなるようにできているのです。そうするために、わたしはひじょうに苦心《くしん》しました。作用《さよう》をはやくなくするということですね。敵《てき》をたおしても、こちらも近づけないのでは、どうすることもできませんからね。」

遠藤博士《えんどうはくし》が説明《せつめい》しました。いま、遠藤博士と明智探偵《あけちたんてい》と、中村警部《なかむらけいぶ》の三人は、肩《かた》をならべて、大月球《だいげっきゅう》の裏側《うらがわ》の、プラネタリウムの入り口に近づいていくのです。

入り口の大とびらには、むろん、かぎがかかっていましたが、明智探偵が万能《ばんのう》かぎをとりだして、なんなくそれをひらきました。

「あっ、ここにたおれている。」

中村警部が、大きな懐中電灯《かいちゅうでんとう》で、その男を照《て》らしました。出入り口の番人です。

警部は入り口の外に出て、手をふってあいずをしました。すると、おおぜいの警官《けいかん》たちがかけよってきて、気をうしなっている番人を、警察自動車《けいさつじどうしゃ》へはこんでいきました。

それから、明智探偵、中村警部、遠藤博士の三人をさきに立てて、ぜんぶの人々が、プラネタリウムの中へはいっていきました。

スイッチをさがすのに、手間《てま》どりましたが、やっとそれをさがしあてて、天井《てんじょう》の電灯《でんとう》をつけました。プラネタリウムの中は、パッと、昼間のように明るくなったのです。

二十面相《めんそう》や部下《ぶか》たちは、魚市場《うおいちば》のマグロのように、ゴロゴロところがっていました。

「あっ、こいつが二十面相だ。まるで将軍《しょうぐん》みたいな服《ふく》を着《き》ている。」

明智探偵が、つぶやきました。

「みんな自動車へはこんでください。手荒《てあら》くしても、だいじょうぶですよ。こいつらは、

百二十時間はけっして目をさましませんからね。いくら二十面相《めんそう》でも、もう、逃《に》げだす力はありません。」

それから、二十面相と百人にちかい部下《ぶか》たちが、外にはこびだされ、警察自動車《けいさつじどうしゃ》に、グングンつめこまれました。

しかし、いちばんだいじなのは、遠藤治郎君《えんどうじろうくん》を助《たす》けだすことです。

そのために、明智探偵《あけちたんてい》と、遠藤博士《えんどうはくし》と、中村警部《なかむらけいぶ》と、小林団長《こばやしだんちょう》と、ポケット小僧《こぞう》の五人が、秘密戸《ひみつど》をひらいて階段《かいだん》をおり、二十面相の住《す》み家《か》へと、おりていきました。

「爆発《ばくはつ》の力は、こっちのほうにも、作用《さよう》しているのでしょうね。」

「そうです。治郎もやられているに、ちがいありません。あの銀色《ぎんいろ》の玉には、上下左右、直径《ちょっけい》百五十メートルの中にあるものは、みんなやられるような力が、しかけてあったのですから、二十面相の住み家にも、むろん作用しています。たとえ、部下のやつが、こっちのほうに残《のこ》っていたとしても、そいつらも、やられているのです。」

ポケット小僧が、案内役《あんないやく》です。せまいコンクリートの廊下《ろうか》を、ポケット小僧と、大型《おおがた》の懐中電灯《かいちゅうでんとう》を持った中村警部が、さきに立って、歩いていきました。

「あっ、ここが美術室《びじゅつしつ》です。」

ポケット小僧が叫《さけ》びました。そして、両方《りょうほう》の腰《こし》に手を当てて、グッとそりかえって、い

かにも、もったいぶった姿勢《しせい》になると、おもおもしい声で、

「ひらけ、ゴマ。」

と、となえました。すると、スーッと音もなくひらくドア。カチンとスイッチをいれますと、宝石《ほうせき》や金《きん》や銀《ぎん》でチカチカひかった、目もくらむようなガラス棚《だな》がならんでいました。

むろん、これらの宝物《ほうもつ》は、ぜんぶ警察《けいさつ》にはこんで、それぞれの持《も》ち主《ぬし》に、返《かえ》すことになるのです。

治郎少年《じろうしょうねん》のとじこめられている部屋《へや》は、ポケット小僧《こぞう》も知らないので、さがすのに骨《ほね》がおれましたが、ある場所《ばしょ》で、「ひらけ、ゴマ」をとなえますと、秘密《ひみつ》のドアがひらき、その小部屋《こべや》のベッドの上に、治郎君《じろうくん》が気をうしなっていました。すぐに助《たす》けだし、自動車《じどうしゃ》に乗《の》せたことは、いうまでもありません。

みんなは、つぎに、電気室へはいっていきました。タコのような火星人《かせいじん》に、つぎつぎと命《いのち》を吹《ふ》きこんだ、あの部屋です。明智探偵《あけちたんてい》は、その部屋を念入《ねんい》りにしらべたあとで、種《たね》あかしをしました。

「むろん、いくら電気の力だって、命を吹きこむなんて、できるはずはありません。二十面相《めんそう》のすきな手品《てじな》ですよ。火星人の型《かた》をつくって、箱《はこ》にいれて、電気をかけたのですね。ごらんなさい。ここにその箱がある。みんな二重底《にじゅうぞこ》ですよ。タコ入道《にゅうどう》の衣装《いしょう》をつけた部下《ぶか》

のやつが、底《そこ》にかくれていて、命《いのち》を吹《ふ》きこまれたように見せかけて、箱《はこ》から出てきたのですよ。

こちらの鉄《てつ》の小部屋《こべや》へ、人間がはいると、からだがくずれて、骸骨《がいこつ》になってしまった、というのですが、これは、鏡《かがみ》の奇術《きじゅつ》です。あらかじめ、骸骨を立ててある。それから、肉《にく》のくずれた人形《にんぎょう》が立ててある。ここにはいった人間にあたっている電灯《でんとう》を、だんだん暗《くら》くして、人形のほうを明るくすると、肉がくずれたように見える。つぎには、骸骨を照《て》らす電灯を明るくして、ほかの電灯を暗くすると、それが鏡にうつって、骸骨に変《か》わったように見えるのです。」

明智探偵《あけちたんてい》はそういって、自分が鉄の小部屋にはいると、電灯をつけたり、消《け》したりして、だんだん骸骨に変わっていくところを見せるのでした。

そのとき、どこかへいっていたポケット小僧《こぞう》が、とびこんできました。

「先生、わかりました。治郎君《じろうくん》は、むこうの部屋で、何百という火星人《かせいじん》にとりかこまれたといっていましたが、火星人にばけた二十面相《めんそう》の部下《ぶか》が、そんなにいるはずはないと、ふしぎに思っていたのです。そのわけがわかりました。あそこは、壁《かべ》に鏡をはりつめた部屋だったのです。鏡から鏡に反射《はんしゃ》して、十人ぐらいの火星人が、何百人にも見えたのです。」

ここにも二十面相の奇術《きじゅつ》があったのです。ああ、二十面相は、なんという奇術ずきなや

つでしょう。

こうして、すべての謎《なぞ》は解《と》け、治郎君《じろうくん》は無事《ぶじ》にもどり、二十面相《めんそう》とぜんぶの部下《ぶか》は、気をうしなったままとらえられ、ぬすまれた美術品《びじゅつひん》は、すっかり、とりかえすことができました。

明智探偵《あけちたんてい》たちが、プラネタリウムの外へ出たときには、たくさんの自動車《じどうしゃ》が、もう出発《しゅっぱつ》の用意《ようい》をととのえていました。少年探偵団《しょうねんたんていだん》の少年たちも、五台の自動車に乗《の》って、その窓《まど》から顔《かお》をだして、こちらを見ていました。

明智探偵と小林少年《こばやししょうねん》があらわれると、少年たちは、両手《りょうて》をあげて、声をそろえて叫《さけ》びました。

「明智先生《あけちせんせい》、バンザーイ。」

「小林団長《こばやしだんちょう》、バンザーイ。」

そして、自動車の行列《ぎょうれつ》は、パトカーをさきに立てて、しずかに、広っぱを出ていくのでした。

中村警部《なかむらけいぶ》も、小林少年も、ポケット小僧《こぞう》も、それぞれ、自動車に乗りました。そして、ぜんぶの自動車が出発してしまったあとに、小林少年とポケット小僧の乗った「アケチ一号《ごう》」の自動車だけが、残《のこ》っていました。月球《げっきゅう》の根《ね》もとにもたれて、なにかヒソヒソと話し

あっている、明智探偵《あけちたんてい》と遠藤博士《えんどうはくし》を待っているのです。

ふたりの頭《あたま》の上には、月球《げっきゅう》の噴火口《ふんかこう》のような大きな穴《あな》が、いくつもあいていました。ふたりは、そこによりかかって、話をしているのです。

「博士《はくし》、あなたの発明《はつめい》の意味《いみ》がわかりました。じつに恐《おそ》ろしい力です。あの力は、コンクリートでもなんでも、つきぬけて作用《さよう》するのですね。」

「そうです。鉄《てつ》でも、鉛《なまり》でも、石でも、どんな鉱物《こうぶつ》でも、じゃまをすることはできないのです。原爆《げんばく》、水爆《すいばく》のためにつくった＊防空《ぼうくう》ごうでも、この力には、なんの効果《こうか》もないのです。これを、わたしは遠藤粒子《えんどうりゅうし》と名づけました。仮死粒子《かしりゅうし》といってもいいのです。

わたしは、原爆、水爆にうち勝《か》つのには、どうすればいいかということを考えたのです。十数年のあいだ、夜《よ》の目も寝《ね》ないで、研究《けんきゅう》をつづけました。そして、とうとう、これを発明《はつめい》したのです。これをなしとげるまでには、何百、何千の動物《どうぶつ》を殺《ころ》しました。いなかの牧場《ぼくじょう》の何百というヒツジの群《む》れが、いっぺんに死《し》んでしまったことが、いくどもありましたが、あれは、わたしの研究のぎせいになったのです。殺してしまってはいけない。生きかえらせなければならない。わたしの苦心《くしん》は、そこにあったのです。

しかし、とうとう完成《かんせい》しました。もう、われわれは、一滴《てき》の血《ち》も流《なが》さないで、戦争《せんそう》に勝《か》つことができるのです。

＊空襲《くうしゅう》のとき、避難《ひなん》するために地面をほって作った穴ぐら

仮死粒子《かしりゅうし》のある分量《ぶんりょう》をロケットに積《つ》んで、敵《てき》の大都会《だいとかい》の上で爆発《ばくはつ》させれば、大都会の何百万の人が、一瞬《いっしゅん》に仮死状態《かしじょうたい》におちいるのです。なんの苦痛《くつう》もありません。百二十時間のあいだ、ぜったいにさめることのない、深《ふか》いねむりにおちいるのです。

この粒子爆弾《りゅうしばくだん》を十発《ぱつ》とばせば、大きな国の人民《じんみん》をぜんぶ仮死させることができます。そして、政府《せいふ》と軍隊《ぐんたい》のおもな人たちをひっくくって、とじこめてしまい、原水爆《げんすいばく》などの武器《ぶき》を、ぜんぶ、こちらで保管《ほかん》してしまえば、その国はこちらの思うままです。百二十時間たてば、人民たちは目ざめますが、もうなんの力もないのです。

遠藤粒子《えんどうりゅうし》によって、全世界《ぜんせかい》を思うままにできるのです。もし、わたしがナポレオンだったら、あるいはヒトラーだったら、この力で世界を征服《せいふく》し、世界の帝王《ていおう》になろうとしたかもしれません。」

「ああ、恐《おそ》ろしいことだ。」

明智探偵《あけちたんてい》が、おもわずつぶやきました。

ふたりは、顔《かお》をむきあわせて、じっとおたがいの目の中をのぞきこみました。たっぷり一分間《ぷんかん》、そうしたまま、身動《みうご》きもしないでいました。

「二十面相《めんそう》が、この発明《はつめい》に目をつけたのは、いかにも、あいつらしいですね。あいつはヒトラーになりたいのです。あいつは、人を殺《ころ》したり、傷《きず》つけたりして、血《ち》を見ることが、

大きらいですから、この発明《はつめい》は、あいつにはもってこいだったわけですね。」

「そうです。わたしとあいつとの考えは、その点では同じでした。あいつが、これをぬすむために、あれほどいっしょうけんめいになったのも、無理《むり》はありません。」

「で、あなたは、この発明をどうするつもりですか。」

明智探偵《あけちたんてい》が、心の底《そこ》を見ぬこうとするような、するどい目で、遠藤博士《えんどうはくし》を見つめました。

「滅《ほろ》ぼします。」

「えっ、滅ぼすとは？」

「仮死粒子《かしりゅうし》の原理《げんり》を滅ぼすのです。わたしの頭《あたま》の中の墓場《はかば》にうずめてしまうのです。いま、それを決心《けっしん》しました。ある国が、この仮死粒子を手にいれたら、世界《せかい》は思うままになります。しかし、その国がかならずよい政治《せいじ》をするとはかぎりません。人間の心には悪《あく》があるからです。たとえ日本のためにでも、わたしはこの秘密《ひみつ》を、うちあけないことを、かたく決心《けっしん》しました。

わたしが死《し》ぬまでは、わたしの頭の中の墓場へ、そして、わたしが死ねば、この秘密は永遠《えいえん》の秘密となるのです。」

遠藤博士はそういって、よく晴れた朝の青空を見あげました。そのおだやかな顔《かお》には、聖者《せいじゃ》のようなにこやかな笑《わら》いが、ただよっているのでした。

解説

「常識」を超能力《ちょうのうりょく》に変える術《じゅつ》

平井隆太郎《ひらいりゅうたろう》
（乱歩長男・
立教大学名誉教授）

この作品では、怪人《かいじん》二十面相《めんそう》がはじめから「電人《でんじん》M《エム》」と名乗って登場します。これまでの二十面相とちがって、郊外《こうがい》の広大な空き地に工夫をこらした地下王国をつくりあげ、五十人ほどの部下を指図《さしず》して、豪華《ごうか》な宝石や国宝級の絵画《かいが》彫刻《ちょうこく》などを集めていたのです。世界中の貴重な美術品を盗《ぬす》み取って二十面相大美術館をつくるのが目的だと部下に広言《こうげん》しています。

そのための地下基地《ちかきち》のカムフラージュに、月世界旅行のテーマパークを開業します。お客さんをロケットに乗せて月面に着陸させるのですから、随分《ずいぶん》おおがかりなしかけでした。なにしろカムフラージュですから客寄せの宣伝《せんでん》には全力をあげています。東京《とうきょう》のおもな新聞には一頁《ページ》の大広告を出しています。それに鉄人28号のようなロボットとタコ入道《にゅうどう》のような火星人が、チラシを東京じゅうにばらまいたのですから広告の注目度は抜群《ばつぐん》です。

父は若《わか》いころ大阪《おおさか》の新聞社の広告部にいたことがあります。そのころからあたためてい

たアイデアだったのかもしれません。

二十面相《めんそう》が電人《でんじん》M《エム》を名乗ったのは、秘密基地《ひみつきち》のすばらしい電気じかけが自慢《じまん》だったからです。遠藤博士《えんどうはくし》の息子の治郎君《じろうくん》は、地下の動く歩道や動く床《ゆか》のしかけ、電気で人や動物を溶《と》かしたり、つくりだしたりしたのを見てすっかり驚《おどろ》いてしまいます。実はものものしい電気の放電を見せて本当らしくみせただけの手品だったのです。

また二十面相専用の秘密の部屋は、アラビアンナイトに出て来る「ひらけ、ゴマ」の命令で開くのでした。これも隠《かく》しマイクを使った電気じかけでした。ついでにつけくわえれば、昔のアラブでは胡《ご》麻《ま》油《あぶら》を潤滑油《じゅんかつゆ》に使っていたので、扉《とびら》の開閉の呪文《じゅもん》に「ひらけ、ゴマ」と言ったのだそうです。

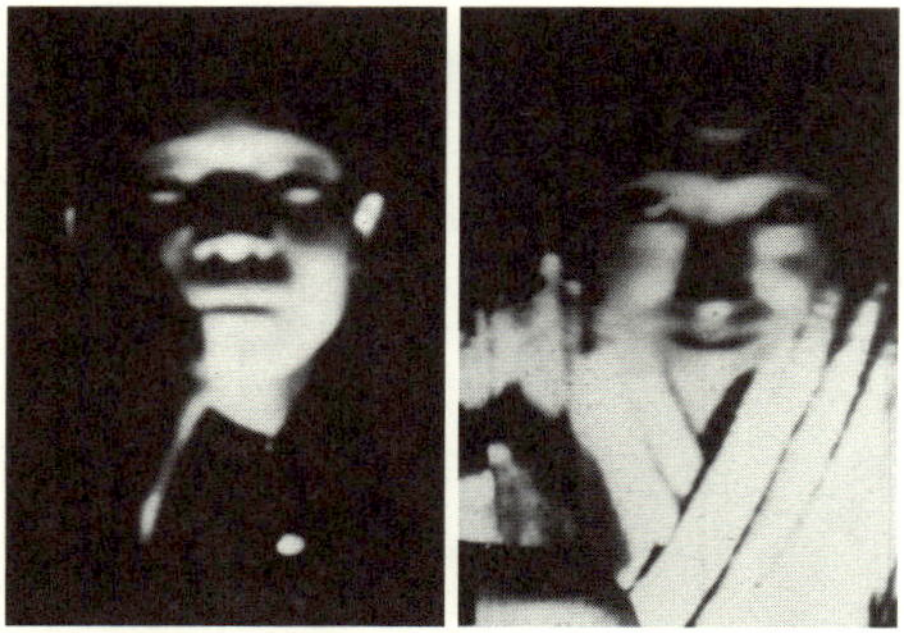

1個の電球の光でおたがいに撮った「ちょっとこわい」顔。
右が父の江戸川乱歩、左が筆者（小学4年生）

こうして電気技術をフルに利用していたのですから、二十面相がいばって電人Mと名乗ったのも無理ないですね。部下を集めて「おれはいまは二十面相ではなくて電人Mだ。おれがどんなに大じかけな地下の電気の国をつくったかは、諸君がよく知っている」と言っていましたが、さらに続けて「ああ、電気の国！　おれたちは、地

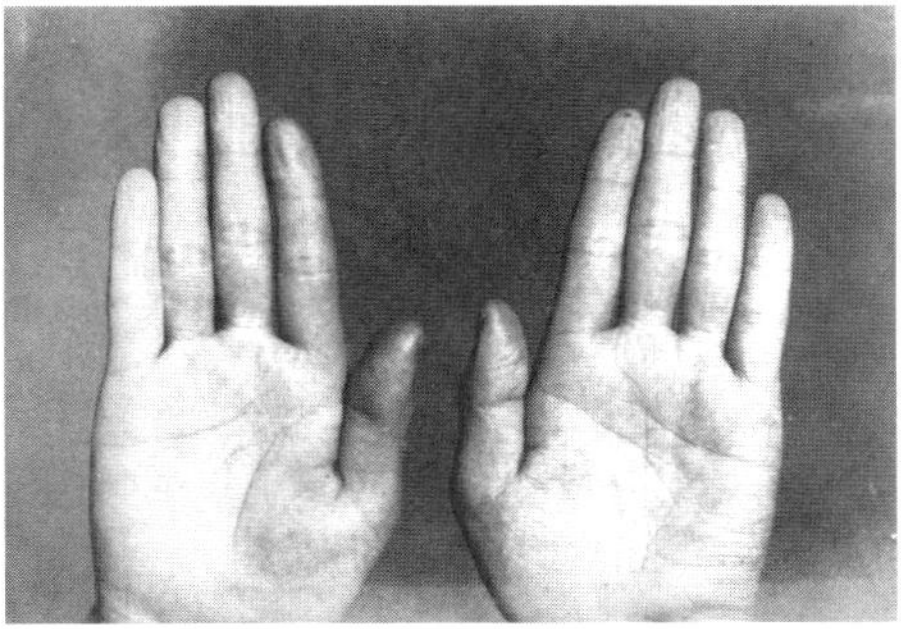

数多くの傑作、快作を生みだした江戸川乱歩の手

球だけではない。宇宙を相手にしているのだ。宇宙人をつくりだしているのだ。その秘密《ひみつ》も、諸君はよく知っている」などとも言うのです。これは少しオーバーですね。火星人をつくったといっても、手品でもっともらしく見せただけでしたから、宇宙を相手にするなどとはいえませんね。まして秘密を知っている部下たちには通用しないはずです。さすがの二十面相《めんそう》も、遠藤博士《えんどうはくし》の発明が手に入りそうになって少し浮《う》かれ気味だったのでしょう。

江戸時代に平賀源内《ひらがげんない》（一七二八―一七七九）という奇《き》人《じん》がいました。蘭学《らんがく》を勉強して、当時としてはずばぬけた科学知識を持っていました。なかでも自分の発明したエレキテルという器械でひとびとを驚《おどろ》かせたことで有名です。手まわし車のようなしかけで摩擦電気《まさつでんき》を発生させ、手をつないで輪《わ》になった子どもたちに感電させて人々をびっくりさせたのです。子どもたちが手をつなぐと同時に電気が流れるしかけでした。エレキテルというのは、オランダ語の電気をあらわす言葉です。大変流行したのですが、電気の原理を知らない当時の人々には超能力《ちょうのうりょく》者《しゃ》のように見えたでしょうね。電気を自由にあやつった源内は、この本の題名の『電人《でんじん》

M《エム》』にぴったりの人物だったかもしれません。HIRAGA（平賀）さんですから電人H《でんじんエイチ》ということになります。

これにくらべると電人Mは、だれもが知っている技術を応用したにすぎません。聞いてみたら何だというようなことばかりでした。それだけに相手をだますのが大変だったわけです。だれもが知っている技術を、あたかも超能力《ちょうのうりょく》のように見せかけるのが手品です。電人MのMは手品（MAGIC、マジック）のMでしょうね。地下の電気の国には、手品にしては莫大《ばくだい》なお金を使っていましたが、何と言っても大泥棒《おおどろぼう》ですから計画が成功すればすぐに取り返せるわけです。

推理小説《すいりしょうせつ》ではむかしから使ってはいけない禁《きん》じ手《て》があるそうです。それを使えば物語の興味がなくなってしまうからです。まだ常識になっていない科学技術や、完成していない未来の技術などです。超自然的な魔法《まほう》なども禁物《きんもつ》ですね。ですからこの作品でも大がかりなしかけは出て来ますが、普通の人なら納得《なっとく》できる範囲《はんい》に入っています。ところが一つだけ最後のところで遠藤博士《えんどうはくし》の仮死粒子《かしりゅうし》ではこの約束が破られます。これを持ち出さないと事件《じけん》が完結しないから仕方なかったのでしょう。もっともこの作品が書かれた時代でも、中性子爆弾《ちゅうせいしばくだん》などが新聞で話題にされていましたから、遠藤博士の仮死粒子くらいは勘弁《かんべん》してもらえるのかもしれませんね。

編集方針について

現代の読者に親しんでいただけるよう、次のような方針で編集いたしました。

一　第二次世界大戦前の作品については、旧仮名づかいを現代仮名づかいに改めました。

二　漢字の中で、少年少女の読者にむずかしいと思われるものは、ひらがなに改めました。

三　少年少女の読者には理解しにくい事柄や単語については、各ページの欄外に注（説明文）をつけました。

四　原作を重んじて編集しましたが、身体障害や職業にかかわる不適切な表現については、一部表現を変えたり、けずったりしたところがあります。

五　『少年探偵・江戸川乱歩全集』（ポプラ社刊）をもとに、作品が掲載された雑誌の文章とも照らし合わせて、できるだけ発表当時の作品が理解できるように心がけました。

以上の事柄は、著作権継承者である平井隆太郎氏のご了承を得ました。

ポプラ社編集部

編集委員・平井隆太郎　砂田弘　秋山憲司

本書は1999年3月ポプラ社から刊行
された作品を文庫版にしたものです。

文庫版 少年探偵・江戸川乱歩　第23巻

電人《でんじん》M

発行　2005年2月　第1刷
　　　2021年5月　第11刷

作家　江戸川乱歩《えどがわらんぽ》

装丁　藤田新策《ふじたしんさく》

画家　佐藤道明《さとうみちあき》

発行者　千葉 均

発行所　株式会社ポプラ社

東京都千代田区麹町4-2-6　8・9F　〒102-8519

ホームページ　www.poplar.co.jp

印刷・製本　図書印刷株式会社

*N.D.C.*913　182p　18cm　ISBN978-4-591-08434-2

P8005023

文庫版　少年探偵・江戸川乱歩　全26巻

怪人二十面相と名探偵明智小五郎、少年探偵団との息づまる推理対決！

1 怪人二十面相
2 少年探偵団
3 妖怪博士
4 大金塊
5 青銅の魔人
6 地底の魔術王
7 透明怪人
8 怪奇四十面相
9 宇宙怪人
10 鉄塔王国の恐怖
11 灰色の巨人
12 海底の魔術師
13 黄金豹
14 魔法博士
15 サーカスの怪人
16 魔人ゴング
17 魔法人形
18 奇面城の秘密
19 夜光人間
20 搭上の奇術師
21 鉄人Q
22 仮面の恐怖王
23 電人M
24 二十面相の呪い
25 空飛ぶ二十面相
26 黄金の怪獣